UND SO GEHT´S:

Auch die Bilder und Sprechblasen werden von rechts oben nach links unten gelesen. So wie es die Grafik hier zeigt! Schwer? Aber doch nicht für euch! Probiert es aus! Viel Spaß mit **Crewman3** und ab nach hinten!

FILE: ACCESS

VIELEN DANK!
DASS IHR EUCH DAS ERSTE CREWMAN TASCHENBUCH GEKAUFT HABT. DIE ARBEIT AN CREWMAN3 ① HAT MIR WIRKLICH SEHR VIEL SPASS GEMACHT. AUCH WENN ICH MICH ZWISCHENDURCH VON VIELEN IDIOTEN ENTMUTIGEN LASSEN HABE SO HABEN MICH DIE VIELEN VIELEN SCHÖNEN LESERBRIEFE WIEDER MOTIVIERT DAS NÄCHSTE CREWMAN KAPITEL NOCH SCHÖNER ZU ZEICHNEN. DAS LETZTE JAHR ÜBER HABE ICH SEHR VIEL DAZU GELERNT. ES TUD MIR DESHALB LEID DAS DIE EINZELNEN KAPITEL SICH SO SEHR VON EINANDER UNTERSCHEIDEN.
BIS ZUM NÄCHSTEN MAL
EUER ROB!!
ACH JA ... AN ALLE NERVENSÄGEN!!
ICH MAG CREWMAN NICHT. ICH HASSE ES. DAS IST VOLL SCHEISSE. SOWAS IST KEIN MANGA. DAS GEHÖRT VERBOTEN. ICH HASSE ROBERT LABS. DEUTSCHE KÖNNEN KEINE MANGAS ZEICHNEN. ES SIEHT SO AMERIKANISCH AUS. OHNE RASTERFOLIE IST ES NICH AUTHENTISCH. DER SOLL ERST MAL ZEICHNEN LERNEN. WARUM DARF DER EINEN MANGA VERÖFFENTLICHEN UND DIE FREUNDINN MEINER SCHWESTER DEREN ONKEL EIGENTLICH MEINE TANTE IST, NICHT? DAS GABS ALLES SCHONMAL. DIE STORY IST GEKLAUT. SNERF IST EIN DUMMER LOOSER. CRASH HAT NIX DRAUF. DER MANGA IST DAS GELD NICHT WERT. SCHMEISST CREWMAN AUS DER BANZAI! ICH HASSE ES, ICH HASSE E-
ICH BIN EIN OTAKU
BOOM
VIELEN DANK!

ICH WEISS ZWAR NOCH NICHT, WAS ES IST, ABER IRGENDETWAS STINKT HIER GEWALTIG...
ABER DAS WERDE ICH SCHON NOCH HERAUS-FINDEN...
HE HE...
FORTSETZUNG FOLGT IN CREWMAN 3 TASCHENBUCH 2!

WENIGSTENS DIESE KOMISCHE KAPSEL AUS MEINER TASCHE...
... HAT ÜBERLEBT!
PACK!
MAL SEHEN...
... WAS SONST NOCH ZU RETTEN IST!
...
IRGENDWAS...
... VERSCHWEIGST DU UNS DOCH, KLEINER!

IHR HABT MEINEN TRAUM ZERSTÖRT !!
MEIN SCHIFF HAT MIR ALLES BEDEUTET !!
MEINE WAFFE UND DIE HOLOBRILLE HABEN SIE AUCH ZERSTÖRT ...
HAH HAH
ICH WERDE MICH RÄCHEN...
WISCH!
ROLL...
NAJA...
CLING!
CLING

ICH HASSE EUCH ZEROS!
JUNA HATTE RECHT!!
IHR SEID KEINEN DEUT BESSER ALS DIE KRASOON!!
NEHMT DAS, IHR VERBRECHER!!
PACK!
WENN ICH HIER RAUS-KOMME, BRINGE ICH EUCH ALLE UM!
ICH HASSE EUCH! HÖRT IHR?!
ICH HASSE EUCH MEHR, ALS ALLES ANDERE IN DIESEM UNIVERSUM!

¡
EINES TAGES BAUE ICH MEIN EIGENES RAUMSCHIFF!
YEAHH!
EINE PLASMA-SPULE!
ENDLICH BIST DU FERTIG!
ACH, DAS FLIEGT DOCH NIE!
DIESE... DIESE...
CLONG!
AAAAAHHH!!
HAH HAH
DIESE SCHWEINE!!
HAH HAH

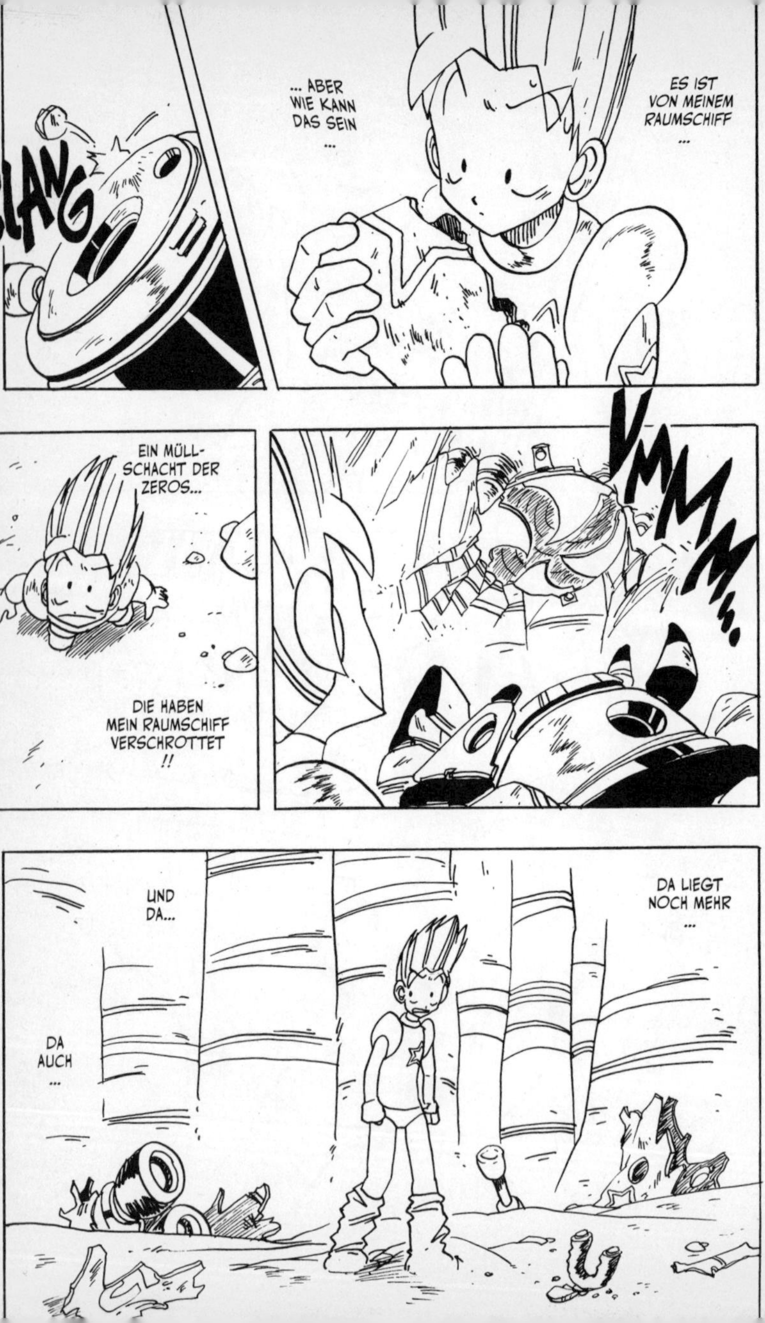
ES IST VON MEINEM RAUMSCHIFF ...
... ABER WIE KANN DAS SEIN ...
CLANG
VMMMM...
EIN MÜLL-SCHACHT DER ZEROS...
DIE HABEN MEIN RAUMSCHIFF VERSCHROTTET !!
DA LIEGT NOCH MEHR ...
UND DA...
DA AUCH ...

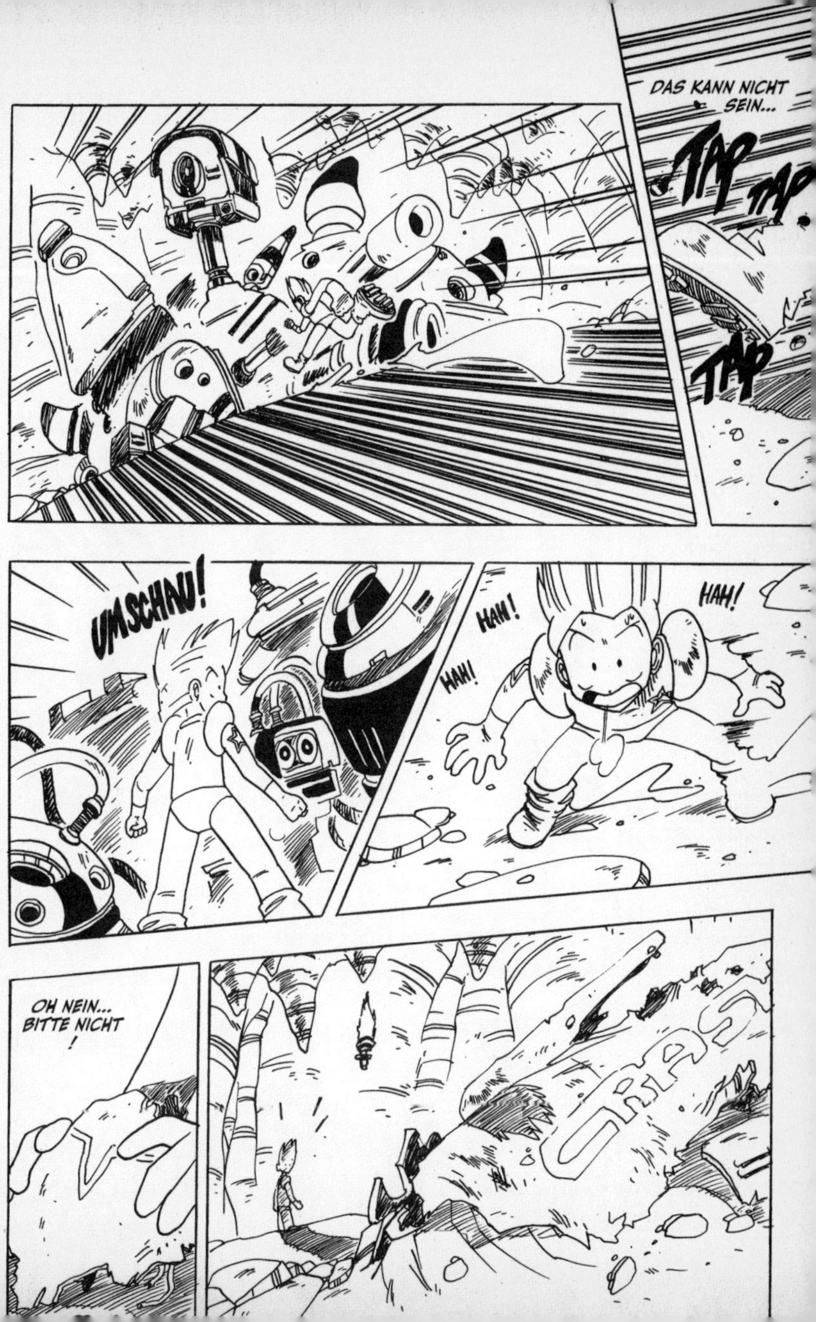
DAS KANN NICHT SEIN...
TAP
TAP
TAP
UMSCHAU!
HAH!
HAH!
HAH!
OH NEIN... BITTE NICHT !
CRASH

D...DAS IST DOCH MEIN RAUMSCHIFF !!
GRABSCH!
!!
SAUS!
RENN!
WAS HAT ER DENN ?
ICH WEISS AUCH NICHT - ER IST NEU HIER. DU HAST IHN WOHL ERSCHRECKT !
NEU HIER? WAR DAS ETWA DER ANDERE MENSCH? DIESER CREWMAN ?
JA...
HM...

HABE ICH BEI DEN ANDEREN WRACKTEILEN GEFUNDEN ...
DACHTE, DU KÖNNTEST MIR ERKLÄREN, WAS DAS IST, SCHATZ ?!
VERDAMMT! NENN MICH NICHT IMMER SO!
DAS IST ALSO JEROME AMADEO !
TS! WAS FÜR EIN EINGEBILDETER SACK!
NUN, ICH HABE MICH NÄMLICH GEFRAGT ...
... WENN DIE FÖDERATION UNS RETTEN SOLL, WARUM LIEGT DANN EINES IHRER RAUMSCHIFFE ZERTRÜMMERT HIER IM KERKER, HM?!
DAS HIER IST DOCH DER FÖDERATIONS-STERN, ODER ?!
TOC TOC
...
MOMENT MAL! DAS IST DOCH ...

NA?
NAME: JEROME AMADEO
ALTER: 18 JAHRE
PLANET: ERDE
BESONDERHEIT: WURDE ALS KIND VON DEN ZEROS ENTFÜHRT. BESITZT SEITDEM UNGEWÖHNLICHE KRÄFTE!
WAS SOLL DAS SEIN, JEROME ?!

MAMPF!
TITSCH!
TITSCH!
BÖÖÖRKS!!!
BESSER ALS NICHTS ...
OH NEIN! DA KOMMT JEROME!
DIE GLITSCHIGEN BÄLLE MIT DEN AUGEN DRIN SIND DOCH DAS BESTE!
HU HU!
VORSICHT, KOLLEGE!
ÖRKS!
DANG!
HEY JUNA! SCHAU MAL, WAS ICH ZUFÄLLIG GEFUNDEN HABE ...

DER NÄCHSTE...!
DER NÄCHSTE...!
DER NÄCHSTE...!
DER NÄCHSTE...
ESSEN
DAS SOLL ICH ESSEN?
ÄH?!
BLUB! BLUB!
WENN DU ES NICHT WILLST, ICH HAU ES REIN!
SCHLECK!
MAMPF!
UND DAS ESST IHR JEDEN TAG? WAS IST DENN DA DRIN?
MAMPF MAMPF!
FRAG LIEBER NICHT, CRASH! ISS!
BIS JETZT IST NOCH NIEMAND DARAN GESTORBEN!

...
DIESE WIDERLICHE MARSKÖNIGIN ...
UND DIESER SCHMALE TYP NEBEN IHR... IST DAS DER ERDLING, DEN DU MEINTEST ?
JA, DAS IST ER, BLACK ZACK.
DAS GANZE KERKERVOLK GLAUBT, DASS ER EIN CREWMAN IST...
WAS MEINST DU PASSIERT, WENN SIE HERAUSFINDEN, DASS ER GELOGEN HAT ?!
DANN HAT JUNA IHR VERTRAUEN BEI DEN KERKERLEUTEN VERSPIELT !
JA, BLACK ZACK! JUNA UND DER ERDLING SIND ERLEDIGT !
UND DANN SCHLAGEN WIR ZU ?!
JA, BLACK ZACK...
... DANN SCHLAGEN WIR ZU, HEHE !

WAS WAR DAS ?!
NUR DIE ESSENSGLOCKE ...
KOMMT, WIR GEHEN ZUR ESSENS-AUSGABE!
IHR HABT DOCH SICHERLICH HUNGER, ODER?
NA KLAR! UND DU, SNERF ?
Snie, Snie!
HEY JUNA! WIRD DIESER JEROME AUCH DA SEIN ?!
ABER HUNDERT-PROZENTIG !

WAAASS? EIN MENSCH ?!
ER WURDE VON DEN ZEROS ENTFÜHRT! ER IST EIN MENSCH ...
JEROME? WER ODER WAS IST DAS ?
ER IST SCHON ZIEMLICH LANGE HIER. ICH HÖRTE, DASS ER NOCH SEHR KLEIN WAR, ALS ER ENTFÜHRT WURDE.
JA, GENAU, SO EINER WIE DU !!!
NA KLAR! ES MUSS JA IRGENDWO NOCH MENSCHEN GEBEN !
SICHER GIBT ES NOCH FÖDERATIONS-EINHEITEN WEIT DRAUSSEN IM ALL.
UND DIE VIELEN AUSWANDERER ...
EIN ANDERER MENSCH...
... ALSO BIN ICH DOCH NICHT DER LETZTE! WOW!

ZWEI DER GRÖSSTEN SCHLÄGER IM KERKER ...
OH MANN! DAS WAR WIEDER MAL CHAOTISCH!
TAP!
AN EINEM ANDEREN ORT IM KERKER ...
NEIN! SCHLIMMER! BLACK ZACK, DER FIESE HUMMER, UND DIESER ARROGANTE ...
DIE KEROSIANER SCHON WIEDER?
... HABEN SICH EIN DUELL IN DEN VORRATSKAMMERN GELIEFERT!
... JEROME AMADEO!

ICH WERDE MIT DIESEN KERKER-LEUTEN ABRECHNEN!
MIR ALLEINE STEHT DIE MACHT IM KERKER ZU!
VIELLEICHT KANN ICH DIR DABEI HELFEN ...
WER IST DA?!
KRIBBEL KRABBEL!
MEIN NAME IST SNAPPER ...
... UND ICH GLAUBE ...
... WIR VERFOLGEN DAS GLEICHE ZIEL!
SNAPPER ?! AHA ...

... UND DANN PUMPT SICH DIESER DRECKIGE MENSCH, JEROME, JEDES MAL SO AUF ...
... ALS WÄRE ER DER KÖNIG DES KERKERS !
GENAUSO WIE DIESE ...
KÖNIGS-TUSSI... JUNA!!!
ICH HABE DIESEN DRECKIGEN KERKER SO RICHTIG SATT !!
BERUHIGEN SIE SICH!
IHRE WUNDEN!
VER-SCHWINDE !!!
SMACK
CRUSH!

AUF MEINEM PLANETEN ...
... WAR ICH DER GRÖSSTE KÄMPFER ALLER ZEITEN !
UND HIER IM KERKER ...
... WERDE ICH VON EINEM MENSCHEN BESIEGT !
DAS KANN ICH EINFACH NICHT AUF MIR SITZEN LASSEN ...
ICH BIN DER BESTE! MEINE EHRE STEHT AUF DEM SPIEL ...
GRRR

AU ...
BLACK »THE LOBSTER« ZACK
EIN WRESTLER VOM PLANETEN VAOOOS.
... DIESER VERDAMMTE JEROME AMADEO !

BLACK ZACK
nöch zwei SKIZZEN
JEROME AMADEO

Kapitel 7:

Wer ist Black Zack?

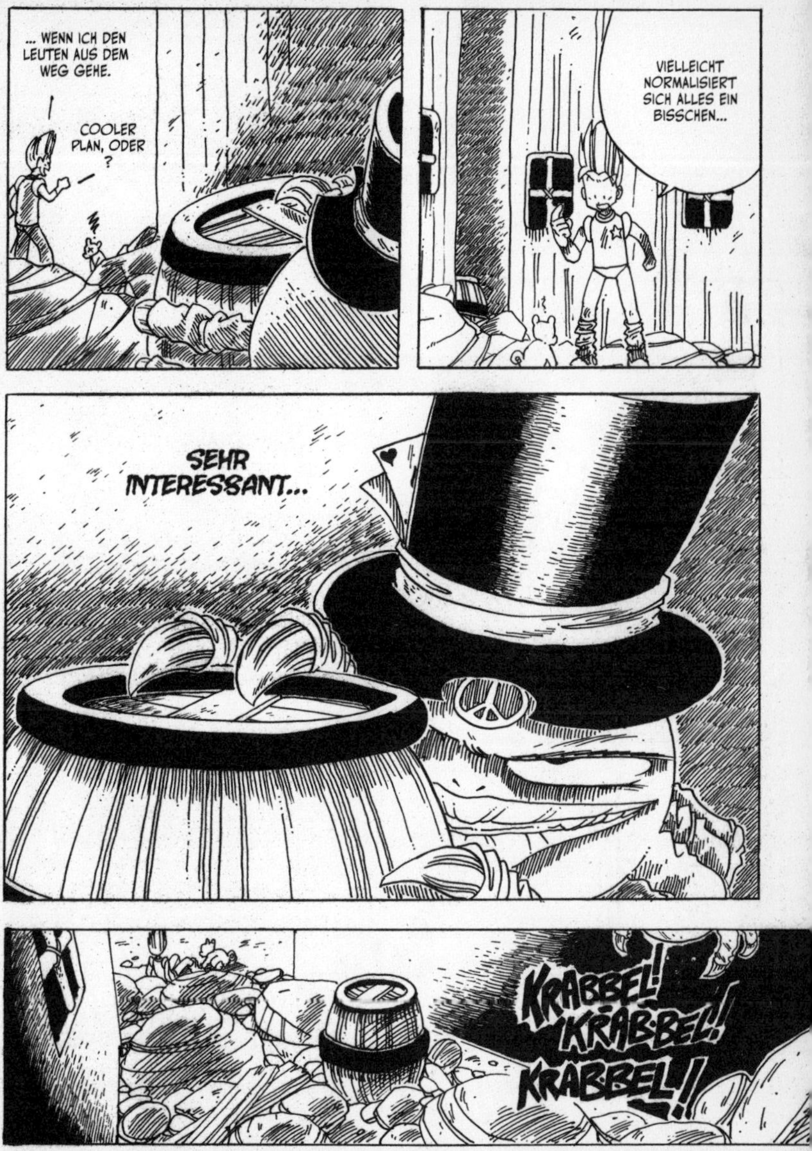
... WENN ICH DEN LEUTEN AUS DEM WEG GEHE.
COOLER PLAN, ODER ?
VIELLEICHT NORMALISIERT SICH ALLES EIN BISSCHEN...
SEHR INTERESSANT...
KRABBEL! KRAB·BEL! KRABBEL!

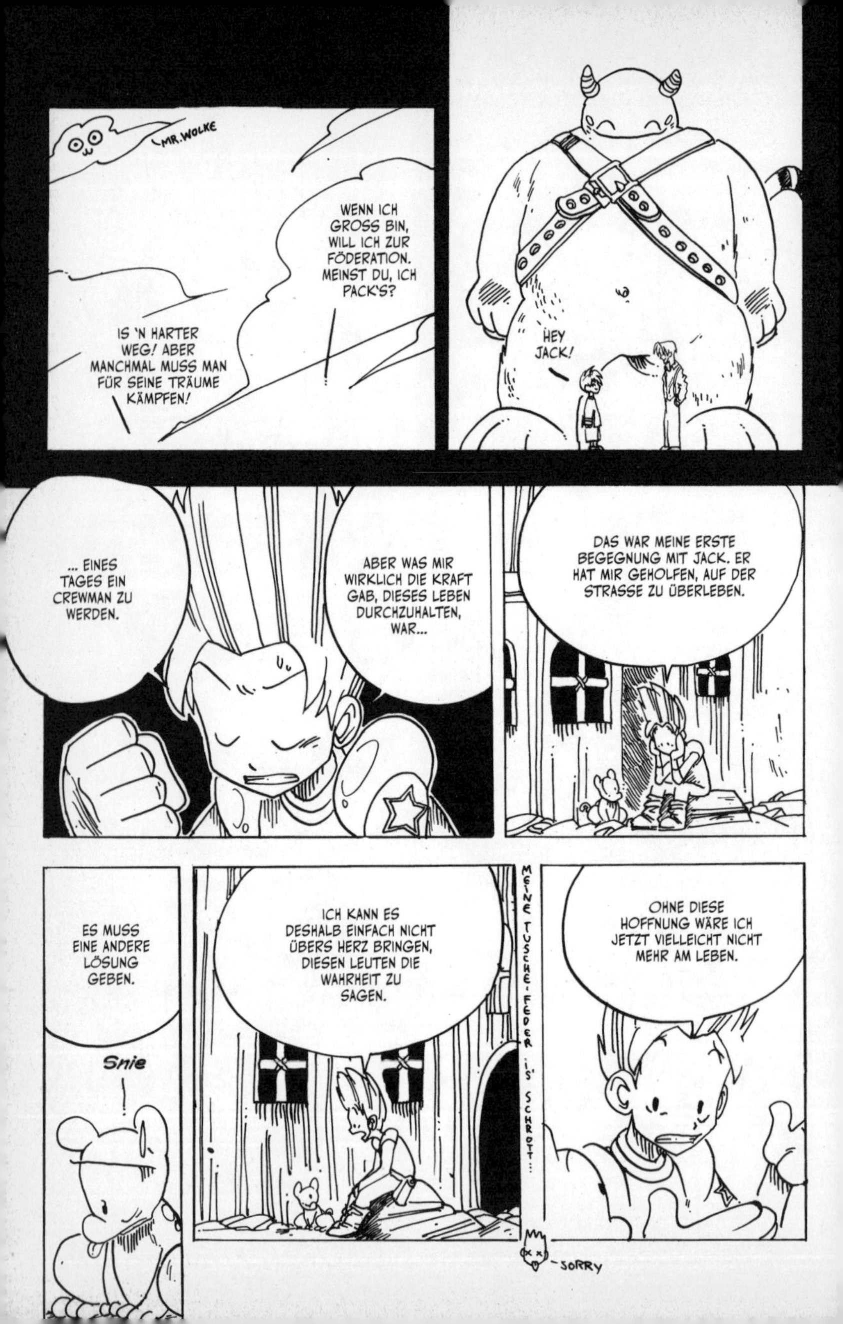
MR. WOLKE
WENN ICH GROSS BIN, WILL ICH ZUR FÖDERATION. MEINST DU, ICH PACK'S?
IS 'N HARTER WEG! ABER MANCHMAL MUSS MAN FÜR SEINE TRÄUME KÄMPFEN!
HEY JACK!
DAS WAR MEINE ERSTE BEGEGNUNG MIT JACK. ER HAT MIR GEHOLFEN, AUF DER STRASSE ZU ÜBERLEBEN.
ABER WAS MIR WIRKLICH DIE KRAFT GAB, DIESES LEBEN DURCHZUHALTEN, WAR...
... EINES TAGES EIN CREWMAN ZU WERDEN.
OHNE DIESE HOFFNUNG WÄRE ICH JETZT VIELLEICHT NICHT MEHR AM LEBEN.
ICH KANN ES DESHALB EINFACH NICHT ÜBERS HERZ BRINGEN, DIESEN LEUTEN DIE WAHRHEIT ZU SAGEN.
ES MUSS EINE ANDERE LÖSUNG GEBEN.
Snie
MEINE TUSCHE-FEDER IS' SCHROTT...
SORRY

YEAH! DANKE, MANN. AUF DICH IST VERLASS!
UAH! WEG HIER!
AAAH!
WOW!
EIN MENSCH UND EIN GOLEM SIND BEFREUNDET ?!
VOLL NETT, ODER?
ER HILFT MIR AUF DER STRASSE, UND ICH KOCHE IHM DAFÜR IMMER WAS.
HA, HA, HA. IHR SEID ZWEI SPASSVÖGEL!
IST DIR AUCH NICHTS PASSIERT?
NÖ. NUR 'N PAAR BLAUE FLECKEN.
DANKE FÜR DEINE HILFE.
ACH... IST DOCH EHRENSACHE. MEIN NAME IST JACK.
ICH BIN CRASH.

ALSO UM EHRLICH ZU SEIN...
HALLO FREUNDE. LUST AUF EINE RUNDE SPASS?
SCHWIP
HA, HA! IHR DEPPEN!
AH!
HYDRANT
DANG!
STRIIIIKE!
ARGH
BAM

NAME: GOLEM
ALTER: 15
HERKUNFT: CARNOSUS
BESONDERHEIT: GROSS WIE EIN HAUS. SEHR STARK, ABER GUTMÜTIG.
TAGCHEN!
TADAAA!!
KACKE!
VERDAMMT!

UH...
WHP
THD!
DU IDIOT. GLAUBST DU WIRKLICH, DU KANNST DICH MIT *MIR* ANLEGEN ?
ICH VIELLEICHT NICHT...
... ABER ICH BIN MIR SICHER, GOLEM KANN ES!
GOLEM ?
WOM

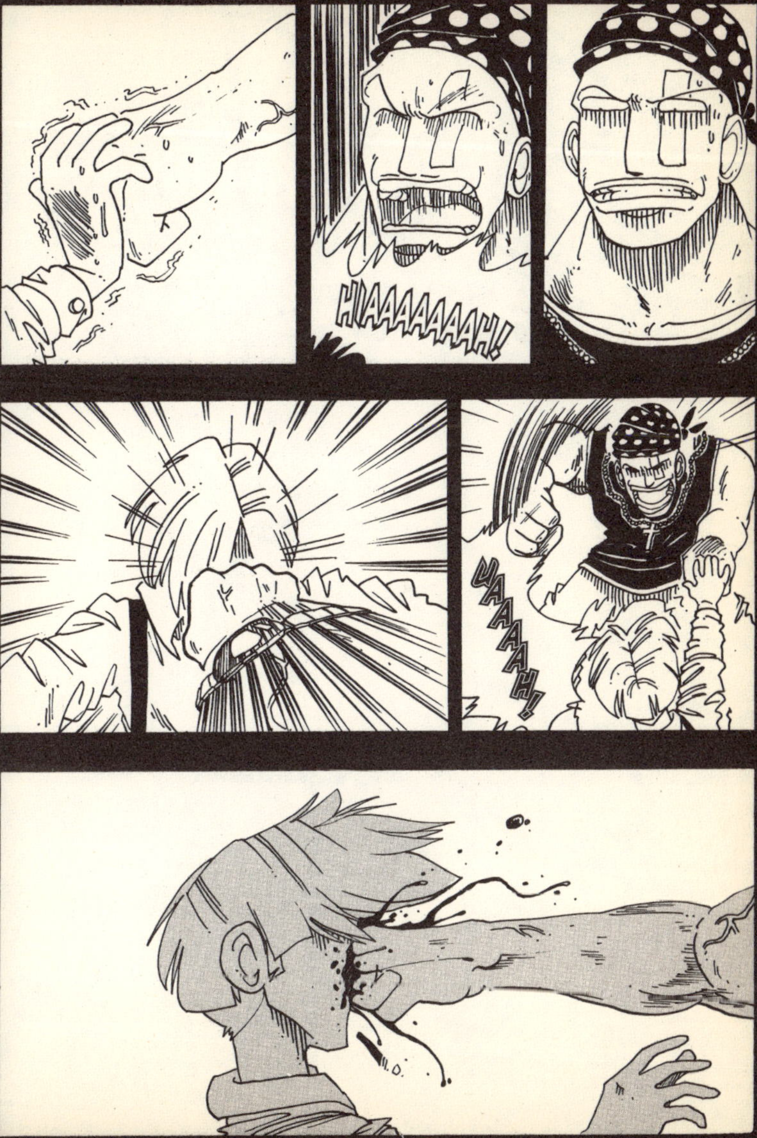
HIAAAAAAAH!
UAAAAAH!

HABT IHR ZWEI NICHT SCHON GENUG LEUTE AUF DEM GEWISSEN?
MÜSSEN ES JETZT AUCH SCHON KINDER SEIN?

UAAAAAH!
ABER ICH WEISS ECHT NICHTS! ICH SCHWÖRE...
PACK!
!!

SAG UNS GEFÄLLIGST, WAS DU IN UNSEREM REVIER MACHST!!
BASCH!
CLONK
ICH BIN KEIN DROGEN-KURIER!
ICH SAGE DIE WAHRHEIT!
FÜR WEN SOLLST DU DEN STOFF LIEFERN?
SAG SCHON!
SAG MIR ENDLICH NAMEN, ODER DU BIST MATSCH, DU KLEINER ARSCH!
SIEHST DU DIESE FAUST? SIE SAGT AUCH DIE WAHRHEIT!

OKAY...
SCHLUSS MIT DEM SCHEISS. WER HAT DICH GESCHICKT?
WER? WAS?
GLAUBST DU IM ERNST, WIR HABEN DIR DEINE RAUM-SCHIFFSCHEISSE ABGEKAUFT ??
FÜR WIE BLÖD HÄLTST DU UNS?
ABER DAS IST DIE WAHRHEIT!!
KICK!
HALT DIE FRESSE, DU MISTFLIEGE !
DIESER HINTERGRUND..

IRGEND-WANN WERDE ICH CREWMAN BEI DER FÖDERATION!
JA, DAS WILL ICH!!
UND ZWAR DER BESTE DER WELT!
UND DANN HABE ICH EIN EIGENES RAUMSCHIFF!
HA, HA. DU BIST ZU KOMISCH!
HIER HAST DU DIE SPULE WIEDER!
CLING!
DANKE SEHR!
BITTE SEHR!
!

SIND DAS DROGEN? SCHMUGGELST DU HIER DROGEN AN UNS VORBEI ?
WAS IST DAS ?
HEY!
FASTA MASTA
WENN DU ÄRGER WILLST, BIST DU HIER GENAU RICHTIG!
ER HAT DICH WAS GEFRAGT !
BATSCH!
GIB DAS WIEDER HER!
FUCHTEL
HAR! HAR! HAR!
PLASMA-SPULE? HA, HA, WILLST DIR WOHL EIN EIGENES RAUMSCHIFF BAUEN ?
DAS IST EINE PLASMA-SPULE, IHR PENNER!

NA, WEN HABEN WIR DENN DA ?
... WÜRDE MICH AUCH DIE SCHWIERIGSTEN SITUATIONEN ÜBERSTEHEN LASSEN.
!
TAP
DIESE HOFFNUNG, SO DACHTE ICH...
DAS IST DOCH DIESER KLEINE, VERWÖHNTE SCHEISSER AUS DEN SIEDLUNGEN !
»FASTA MASTA« UND »BOMB OFF«
ALTER: BEIDE 19
HEIMATPLANET: ERDE
BESONDERHEIT: WOLLEN MAL MAC-RAP-STARS WERDEN. *LACHT*
WAS? WIE BITTE ?
HABT IHR NIX BESSERES ZU TUN...
... ALS KLEINE KINDER ZU ÄRGERN?

DU WEISST DOCH... MEINE ELTERN STARBEN SEHR FRÜH...
DIE KRASOON HATTEN DAMALS EINIGE VORSIEDLUNGEN NEW YORKS GEPLÜNDERT...
... MEINE ELTERN STARBEN BEI DEM VERSUCH, IHR HAUS ZU VERTEIDIGEN.
ABER DIE LAGE FÜR WAISENKINDER IN NEW YORK WAR NIE SEHR ROSIG...
ALSO LANDETE ICH AUF DER STRASSE...
VIELE VON UNS SIND BEIM TÄGLICHEN ÜBERLEBENSKAMPF DRAUFGEGANGEN.
NUR DIE, DIE SICH AN HOFFNUNGEN KLAMMERTEN, WÜRDEN ÜBERLEBEN...
MEINE HOFFNUNG WAR...
... EIN EIGENES RAUMSCHIFF ZU BESITZEN UND INS ALL ZU FLIEGEN!

SIE MÜSSEN SCHON UNGLAUBLICH LANGE HIER EINGESPERRT SEIN UND AUF DEN TAG IHRER RETTUNG GEHOFFT HABEN.
WENN ICH JETZT DIE WAHRHEIT SAGE...
... MACHE ICH ALL IHRE HOFFNUNGEN HIER RAUSZUKOMMEN ZUNICHTE...
Snie, Snie Snie! Snie, Snie!
ABER WAS WÄRE, WENN DAS DIE EINZIGE HOFFNUNG IST, AN DIE SIE SICH ALL DIE JAHRE ÜBER GEKLAMMERT HABEN?
Snie, Snie, Snie!
Snie! Snie!
Snie!
ACH JA?
ABER ÜBERLEG MAL, WIE ES BEI *MIR* WAR.
ICH WAR AUCH MAL IN DIESER SITUATION, ALS ICH SIEBEN JAHRE ALT WAR...

Snie! Snie!
JA, ICH WEISS, DASS ICH JUNA DIE WAHRHEIT SAGEN MUSS...
DIE EINGESPERRTEN LEUTE GLAUBEN JETZT AN EINE RETTUNG...
WIR HALTEN SOLANGE HIER DIE STELLUNG!
OKAY!
HEY CRASH! ES GIBT ÄRGER IN DEN VORRATS-KAMMERN.
WIR SEHEN UNS IN EINER STUNDE AUF DEM MARKT-PLATZ!
ABER SIE UND DIE EINGESPERRTEN LEUTE WIRKEN SO GLÜCKLICH...
ICH FÜHL MICH SO MIES DABEI, SIE ANZULÜGEN.
SEUFZ...
CRASH BRAUCHT N'DUNKLERES OUTFIT, FIND ICH...

ich versuche immer mehr auf Rasterfolie zu verzichten und mehr mit Kontrasten zu arbeiten...

ICH WEISS, VIELE VON EUCH SIND BEREITS IN DEN KERKERN GEBOREN...
... UND HABEN NIEMALS DIE FREIHEIT GENOSSEN...
... VIELE VON EUCH WURDEN VON DEN ZEROS HIER EINGEPFERCHT ...
... SO UNTER-SCHIEDLICH IHR AUCH SEIN MÖGT.
MIT GUTEN WIE SCHLECHTEN EIGENSCHAFTEN ...
... MIT VERSCHIEDENEN HEIMATWELTEN...
... VON DENEN VIELE KRIEGE ANGEZETTELT UND FEHLER GEMACHT HABEN.
ABER KEINER VON EUCH HAT ES VERDIENT...
... LEBENS-LÄNGLICH EINGESPERRT ZU SEIN!

DIESE SEITE HAB' ICH IM ZUG GE-ZEICHNET!

... SCHON BALD WIRD DIE ARMEE DER FÖDERATION SEIN VERSCHWINDEN BEMERKEN !
DIE FÖDERATION LÄSST KEINEN IHRER CREWMAN IM STICH !
UND ICH BIN MIR SICHER, SIE SIND BEREITS AUF DEM WEG HIERHER.
SIE WERDEN EINMARSCHIEREN UND UNS ALLE BEFREIEN!

DIE IDEE ZU CREWMAN 3...

...ENTSTAND VOR ÜBER 3 JAHREN. ALLERDINGS HIESS ES DA NOCH "THE ADVENTURES OF CAPTAIN CRASH"

ES SOLLTE EIN LUSTIGER COMIC ÜBER EINEN HELDEN SEIN, DER BEREITS IN DIE JAHRE GEKOMMEN IST UND FESTSTELLEN MUSS, DASS DIE ERDE AUF SEINE HELDENTATEN VERZICHTEN KANN...

ALSO EINE GANZ ANDERE GRUNDIDEE...

...ICH WOLLTE ES DAMALS NICHT IM MANGA-STIL ZEICHNEN, WEIL ES ETWAS "TRASHIG" AUSSEHEN SOLLTE, SO WIE AMERIKANISCHE

B-MOVIES

HAHA! WIE SNERF FRÜHER MAL AUSSAH, TS, TS. (...)

Kapitel 6:

Das Golem-Drama!

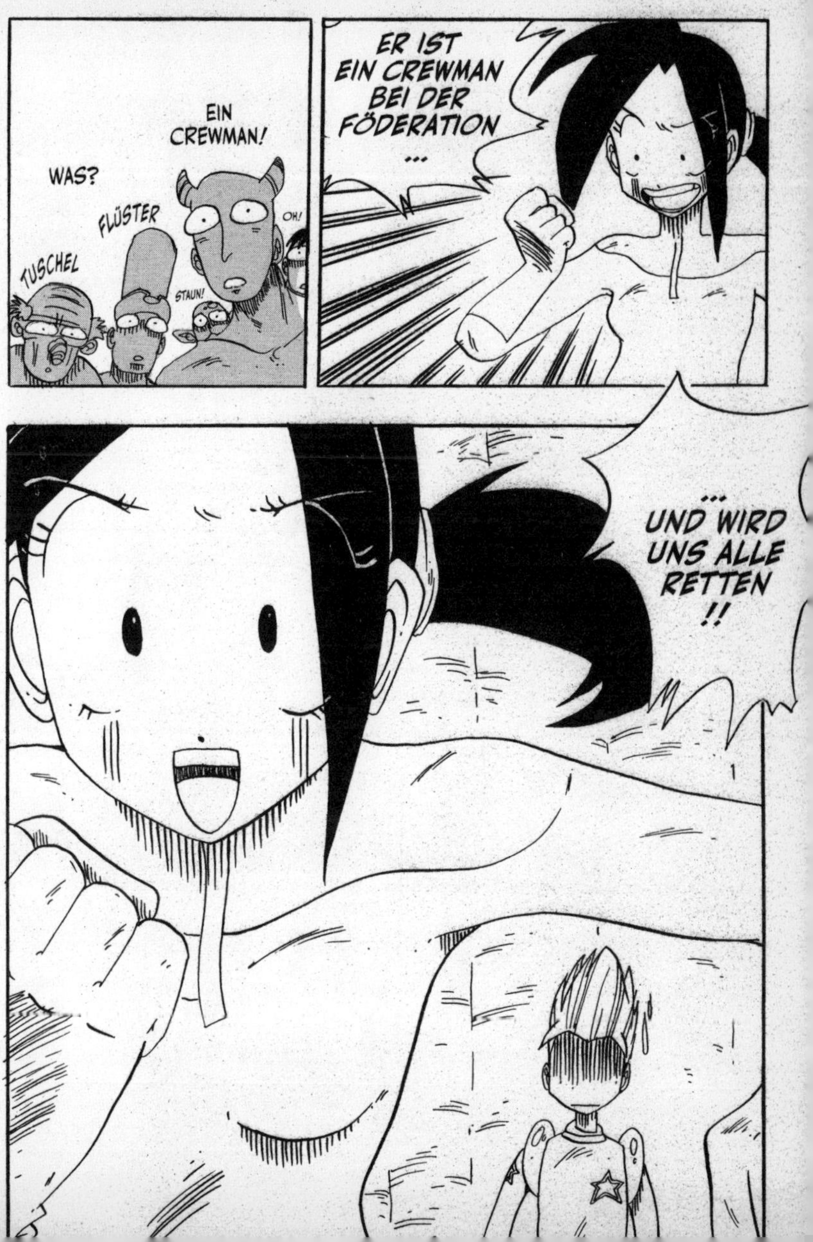
ER IST EIN CREWMAN BEI DER FÖDERATION ...
EIN CREWMAN!
WAS?
OH!
FLÜSTER
TUSCHEL
STAUN!
... UND WIRD UNS ALLE RETTEN !!

ÄH... JUNA... ICH...
ALLE MAL HERHÖREN!
WIR HABEN EINEN NEUEN!
NEIN, NEIN... WARTE!
SEIN NAME IST CRASH CASHADDI!
Snie, snie!
Snie!
HÖRT! HÖRT!

JUCHHU! NEUES ESSEN!
MJAM!
DAS HÄTTEN WIR.
SNAPPER IST EIN HINTER-HÄLTIGES WESEN.
DAS GLAUB ICH DIR GERN...
JA... LACHT NUR...
... IHR WERDET NOCH SEHEN, WAS IHR DAVON HABT.
LA, LA, LA... UND JETZT VERKÜNDE ICH DIE GUTE NACHRICHT!
?!
WAS?!

ICH WUSSTE ES...
SNAPPER!
SNAPPER, ZEIG DICH!
ICH WEISS, DASS DU DAHINTER STECKST!
HRM...
WEHE DIR, ICH KRIEG DICH IN DIE FINGER!
WAS SOLLEN WIR JETZT TUN, JUNA?
KUBIC!
JA?
ÄH... BRING DEN BEIDEN EINE NEUE ESSENSRATION AUS DEN VORRATSKAMMERN!
OKEYDOKEY, EURE HOHEIT!

ICH SAGTE ...
...AUFHÖREN!
UM WAS STREITET IHR EUCH SCHON WIEDER ?
UM DIE RATIONEN...
ER HAT MEINE RATION GEGESSEN!
LÜGNER! DU HAST MEINE GEGESSEN!
HAB ICH NICHT!
DOCH!
UND WAS MACHEN ALL DIE LEUTE HIER ?
WIR HABEN WETTEN AB-GESCHLOSSEN. HI, HI...
IS' ABER 'N VOLL ÖDER KAMPF!
TOTAAAL LAAANGWEILIG!

JUNA ...!
ES WAR SEINE SCHULD, EURE HOHEIT!
LABER KEINEN SCHEISS!
DU HAST ANGEFANGEN!

SPÜRE DEN SCHÄDEL-SPALTER!
HAAAAAHH!
SLURP
SPLOSCH
DEHN
WARUM DENKE ICH NUR, DASS DA KEIN ENDE IN SICHT IST...?
GÄHN!
SLURP
NASEN-QUETSCHER!!
SCHLUSS JETZT!
DEHN!

RASSE: KEROSIANER PLANET: KEROSINUS (IM STERNBILD DER KLEINEN MADE) BESONDERHEIT: BESTEHEN AUS FLÜSSIGER MATERIE
DEHN!!
FLUSCH
...LOSCH!
SOLL DAS ALLES SEIN?!
HAR! HAR!
VSSSSH
FUSS-BOMBE!!
SLIT!
PAM

AHHR! DU STINK-BIRNE HAST DOCH NICHT MEHR ALLE TASSEN IM SCHRANK!
KEROSIANER, SEHR MUSKULÖS
NIMM DAS!!
ICH MACH DICH ALLE!!
KEROSIANER, NICHT GANZ SO MUSKULÖS

WAS SIND DAS FÜR PROBLEME, KUBIC?
ÄH...
DIE BEIDEN KEROSIANER MAL WIEDER ...
SIE STREITEN SICH SCHON SEIT EINER STUNDE WIE DIE BLÖDEN!
AAH... DIESE HIRNIS! HÖRT DAS DENN NIE AUF?
DIESMAL GEHT ES UM IHRE RATIONEN, GLAUBE ICH...
OH NEIN. BITTE, SAG, DASS SNAPPER NICHTS DAMIT ZU TUN HAT.
NA JA... ES GIBT LEUTE, DIE WETTEN ABSCHLIESSEN, WER ZUERST STIRBT...
NA, SUPER!
BOX!
KRACH!
ZERSCHMETTER!

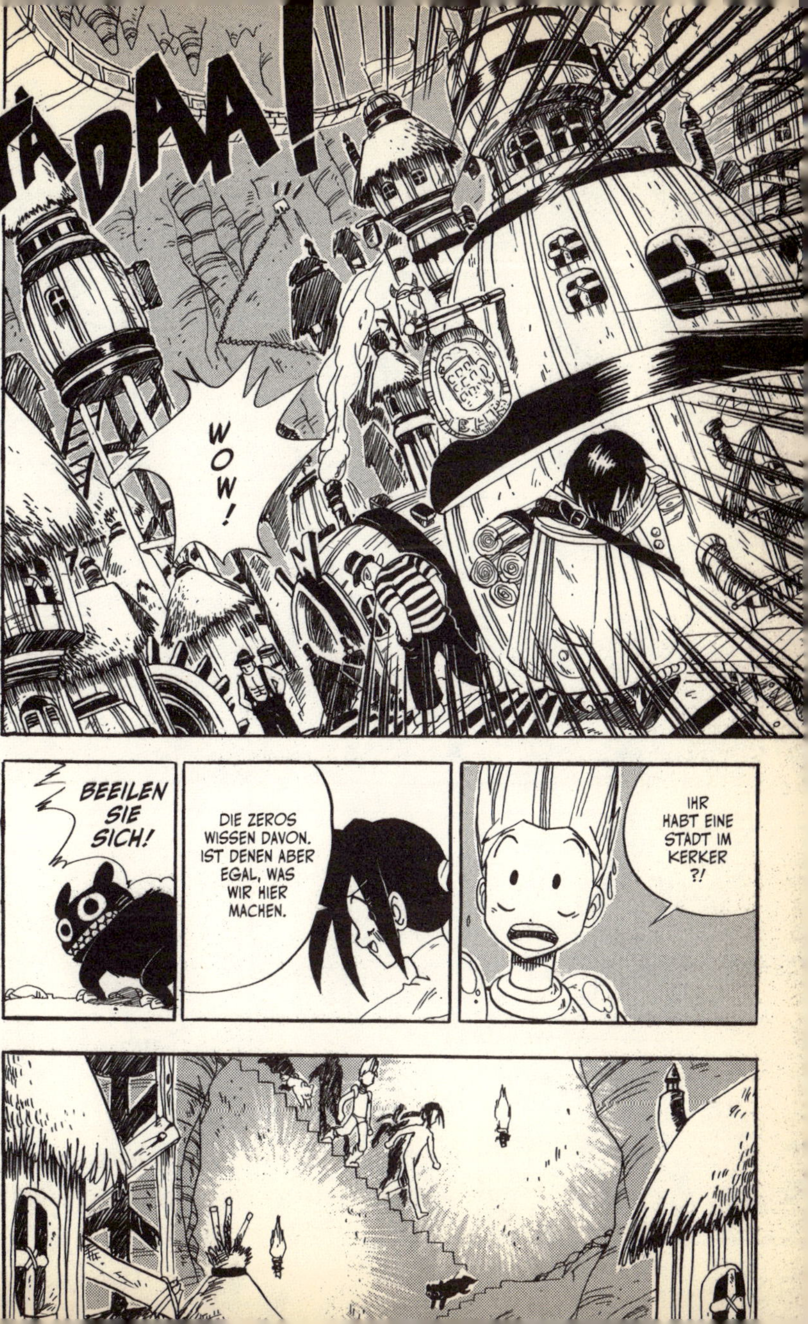
TADAA!
WOW!
IHR HABT EINE STADT IM KERKER ?!
DIE ZEROS WISSEN DAVON. IST DENEN ABER EGAL, WAS WIR HIER MACHEN.
BEEILEN SIE SICH!

...
WIR DACHTEN, DIE ZEROS HÄTTEN DEN FUNKKONTAKT UNTERBROCHEN ...
... UND DIE HANDELSBEZIEHUNGEN ZUR ERDE EINGESTELLT.
SO GAB ES WAHRSCHEINLICH NIEMALS EINEN NOTRUF.
ALLES GING SO SCHNELL...
DAS GLAUBE ICH NICHT !
DIE FÖDERATION WUSSTE DOCH, DASS DIE MARSIANER STARBEN. SONST HÄTTE MAN UNS NICHT DIE SACHE MIT DEM VIRUS ERZÄHLT...
HM... DAS STIMMT WOHL, ABER...
EURE MAJESTÄT !
KOMMEN SIE SCHNELL !
ES GIBT WIEDER ÄRGER !

ICH WEISS NICHT SO RE...
KOMM MIT!
ICH STELLE DICH DEN ANDEREN VOR!
ICH WUSSTE, DIESER TAG WIRD KOMMEN!
MANN, WERDEN DIE AUGEN MACHEN!
VERDAMMT! ICH MÖCHTE ZU GERN WISSEN, WARUM BADOK HIER UNTEN RAUMSCHIFFTEILE LAGERT...
AUSSERDEM...
... MUSS ICH IHR WOHL IRGENDWIE BEIBRINGEN, DASS DIE ERDE NICHT MEHR EXISTIERT.
ÄH... JUNA...
WARUM HAT EUCH DIE FÖDERATION DAMALS NICHT GEHOLFEN?

ABER JETZT BIST DU JA DA!
DU BIST DOCH EIN CREWMAN DER FÖDERATION...
ÖH...
ICH?!
JA...
DIE FÖDERATION WIRD DIESEN ZEROS EINE KRÄFTIGE ABREIBUNG VERPASSEN UND SIE VOM MARS VERBANNEN!
NUN... WEISST DU, ES IST SO...
WIR WERDEN UNS RÄCHEN, CRASH!
DEINE MANNSCHAFT WIRD EINEN SUCHTRUPP NACH DIR AUSSENDEN UND UNS BEFREIEN!
...MMH

»EINE HAND VOLL VON UNS KONNTE FLÜCHTEN, WURDE DANN ABER DOCH GEFANGEN UND IN DEN KERKER GEWORFEN...«
»OHNE VORWARNUNG BRACH DER KAMPF AUS.«
»SIE HATTEN PLÖTZLICH ÜBERLEGENE WAFFEN UND TÖTETEN ALLE MARSIANER...«
»UND ALL DAS NUR, WEIL EINER VON IHNEN AN DIE MACHT WOLLTE...«
»ICH WAR DAMALS VIER.«
»... SIND SIE FÜR MICH KEINEN DEUT BESSER ALS DIE KRASOON!«
»ER LIESS MEINE FAMILIE TÖTEN, MEINE FREUNDE... ALLE.«
»SEITDEM...«

»AM ANFANG WAREN ES FÜNFHUNDERT ÜBERLEBENDE...«
»... WIR GABEN IHNEN ALLES, WAS SIE BRAUCHTEN.«
»NACH UND NACH GLIEDERTEN SIE SICH IN UNSER LEBEN EIN.«
»ABER ES KAMEN IMMER MEHR VON IHNEN...«
»... UND NACH EINIGEN JAHREN FINGEN SIE AN, UNSEREN PLANETEN ZU ÜBERRENNEN.«
»MEINE MUTTER WAR DAMALS KÖNIGIN UND WOLLTE DIE FLUT DER EINWANDERER EINDÄMMEN...«
»... BIS ES DANN ZUM KRIEG KAM.«

WEISST DU, WIE SIE HIERHER KAMEN ?
SIE WURDEN NOCH NIE BENUTZT !
BIS AUF EIN BISSCHEN DRECK WIRKT ES, ALS STAMMEN DIESE TEILE DIREKT AUS DER FABRIK.
DIE ZEROS FANDEN SIE DAMALS ANGEBLICH IN EINIGEN MARSGEGENDEN...
ALS SIE KAMEN, NAHMEN WIR NOCH AN, DASS SIE FRIEDLICH SEIEN.
»... VON DEN KRASOON! WIR HATTEN SCHON VON DEREN GRAUSAMKEIT GEHÖRT, DASS SIE PLANETEN PLÜNDERTEN UND IHRE BEWOHNER TÖTETEN...«
HE HE HE HE
»... ALSO NAHMEN WIR DIE ZEROS BEI UNS AUF.«
»SIE SAGTEN, IHR PLANET WURDE ZERSTÖRT...«

EIN GEFÜRCHTETER WELTRAUMPIRAT.
ER HAT UNZÄHLIGE GALAXIEN TERRORISIERT. BISHER GELANG ES NIEMANDEM, IHN DINGFEST ZU MACHEN.
ABER WARUM SOLLTE ER SEINE TRÜMMER HIER UNTEN ABLADEN ?
CLONK!
DAS SIND KEINE TRÜMMER !
WAS ?!
DIE AUSSENHÜLLE WEIST KEINERLEI BESCHÄDIGUNG AUF...
... UND DER TANK IST NOCH BIS ZUM ANSCHLAG GEFÜLLT.

DAS HAB ICH SCHON MAL GESEHEN...
SIEHT AUS...
... WIE BADOKS WAFFEN-DESIGN.
BADOK ?

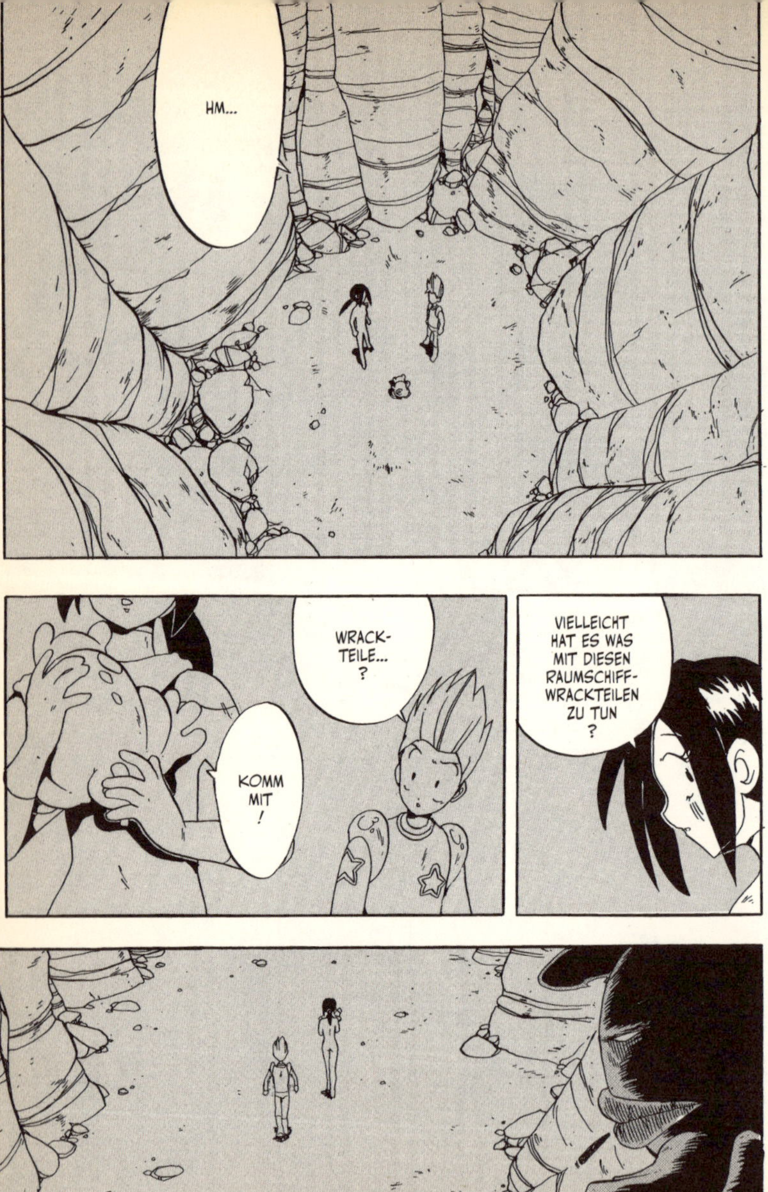
HM...
VIELLEICHT HAT ES WAS MIT DIESEN RAUMSCHIFF-WRACKTEILEN ZU TUN ?
WRACK-TEILE... ?
KOMM MIT !

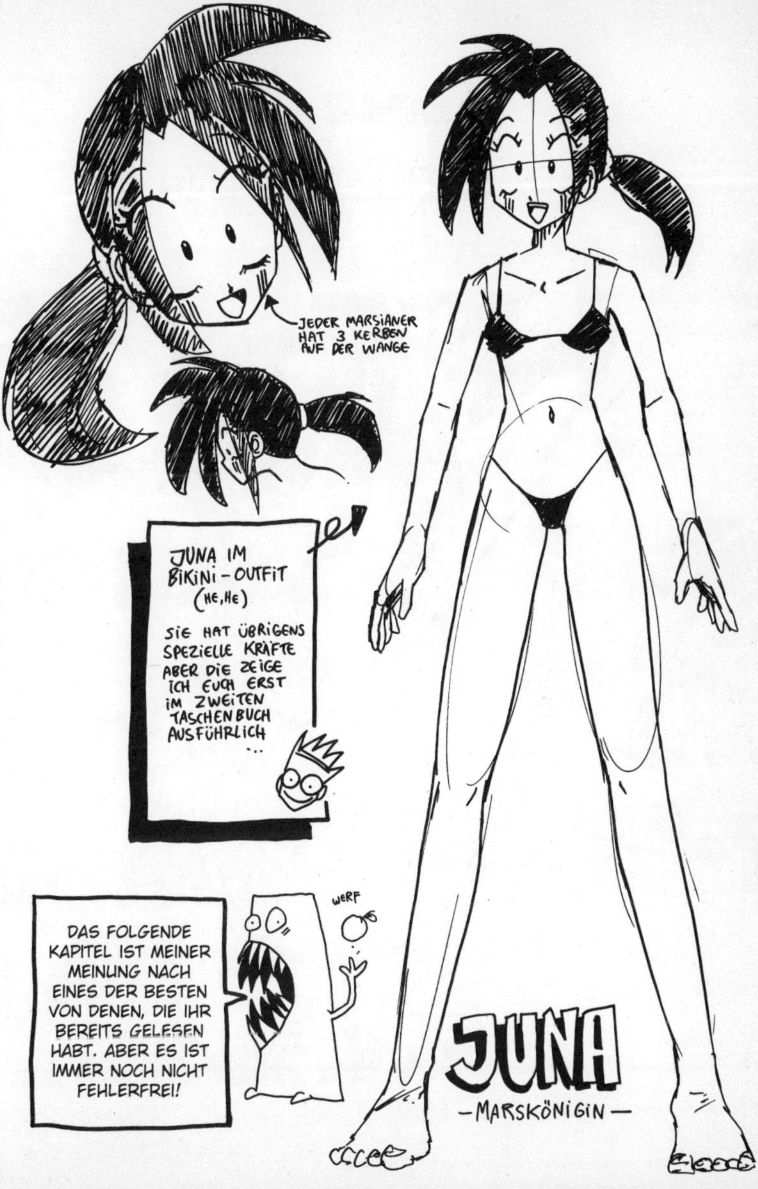
JEDER MARSIANER HAT 3 KERBEN AUF DER WANGE
JUNA IM BIKINI-OUTFIT (HE, HE)
SIE HAT ÜBRIGENS SPEZIELLE KRÄFTE ABER DIE ZEIGE ICH EUCH ERST IM ZWEITEN TASCHENBUCH AUSFÜHRLICH ...
WERF
DAS FOLGENDE KAPITEL IST MEINER MEINUNG NACH EINES DER BESTEN VON DENEN, DIE IHR BEREITS GELESEN HABT. ABER ES IST IMMER NOCH NICHT FEHLERFREI!
JUNA
-MARSKÖNIGIN-

Kapitel 5:

Kampf der Kerosianer!

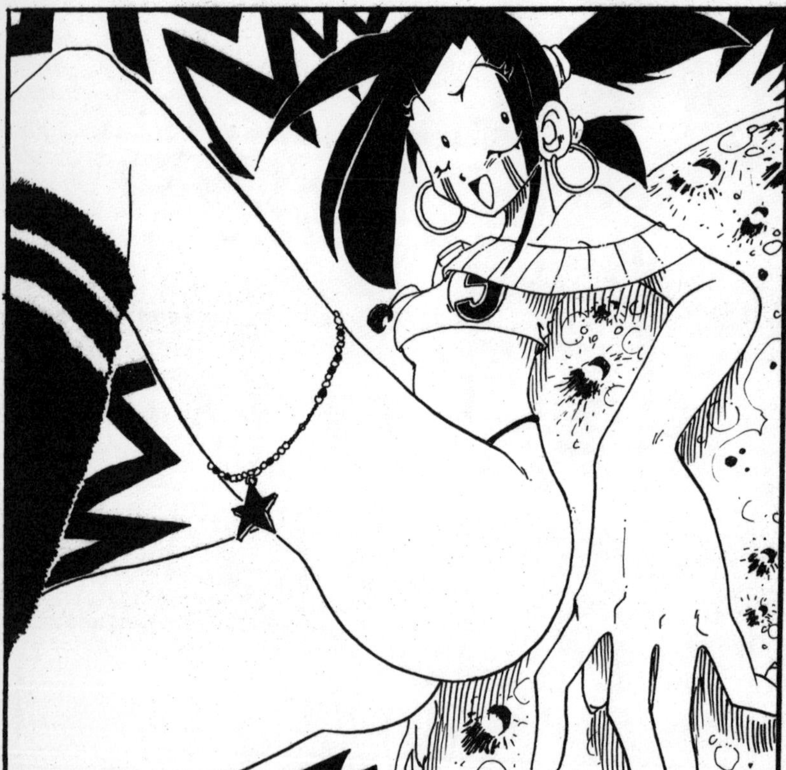

NEIN... NICHTS VON DEINER VERSION.
ABER WIR PFLEGTEN IMMER GUTEN KONTAKT ZUR ERDE.
»SEUCHE«? WAS REDEST DU DA ?!
HABT IHR DENN NIE ETWAS VOM UNTERGANG UNSERES REICHES GEHÖRT ?
ICH WEISS...
... ABER AUS IRGENDEINEM GRUND WURDE UNS ANSCHEINEND DIE WAHRHEIT VERSCHWIEGEN...

WAS MEINST DU DAMIT?
WAS ?
HAST DU NIEMALS DAVON GEHÖRT ?!
WOVON GEHÖRT ?
VOM STURZ DER MONARCHIE !
DIE ZEROS HABEN DEN MARS EROBERT UND BIS AUF WENIGE AUSNAHMEN ALLE MARSIANER GETÖTET.
ICH DACHTE IMMER, DIE MARSIANER ERLAGEN EINEM MYSTERIÖSEN VIRUS ?!
VIRUS?! ES GAB KEINEN VIRUS !
WIE? UND WAS WAR DAMALS IN DEN 40ERN... ?
DIESE GROSSE SEUCHE... ?

IST ES AUCH... FOLGE MIR !
ES SIND DIE LETZTEN ÜBERLEBENDEN MEINES VOLKES UND EIN PAAR HUNDERT WESEN VON ANDEREN PLANETEN...
... EINGESPERRT VON DEN ZEROS.
ZEROS ?
JA, DIE ZEROS, DIE AUCH DICH HIER EINGESPERRT HABEN.
OH... SO HEISSEN DIE ALSO...
UND DU... ?
WIE LANGE BIST DU HIER SCHON EINGE-SPERRT ?
VIEL ZU LANGE... ALS ICH KLEIN WAR, FING ALLES AN...

!
IST MIR EINE EHRE, EINEM CREWMAN DER FÖDERATION DIE HAND ZU SCHÜTTELN !
KEINE ANGST, ICH BEISSE NICHT.
ÄH... HE, HE...
KOMM, ICH STELLE DICH MEINEM VOLK VOR.
DEIN VOLK?! ICH DACHTE, DAS HIER SEI EIN KERKER ?!

JA, UND ER HAT NUR EIN AUGE... HI, HI!
ACH...
VERDAMMT! WIESO REDE ICH SO EINEN MIST?
ALSO, WOHER KOMMT IHR... ?
ÄH... VON DER ERDE !
MEIN NAME IST CRASH CASHADDI !
SEHR ERFREUT.
ICH HEISSE JUNA... KÖNIGIN DES MARS !

Snie...
ICH... ÄH... ICH... ÄH...
HALLO-HO! KÖNNT IHR NICHT SPRECHEN?
OH, WIE SÜSS!
EIN SNERF!
FUCHTEL! FUCHTEL!

SIE IST
WUNDER-
SCHÖN...
?

FÜR DICH HEISST ES IMMER NOCH »MAJESTÄT«, KAPIERT ?!
VON DEN MICKRIGEN RATIONEN WIRD NIEMAND SATT, JUNA!
!!
SIE...
SIE IST EINE KÖNIGIN?
WEG-TRETEN!
HRRM... JAWOHL, EURE MAJESTÄT !
UND NUN ZU EUCH... WER SEID IHR?
KRABBEL KRABBEL!

SNAPPER, DU WEISST, DASS DAS GEGEN DIE REGELN DES KERKERS VERSTÖSST! ICH KANN NICHT ZULASSEN, DASS DU ANDERE GEFANGENE VERSPEIST !
JUNA... ICH HATTE HUNGER !
DU HATTEST DEINE RATION BEREITS! DASS DU SIE VERKAUFT HAST, IST NICHT MEINE SCHULD.
DIESES MÄDCHEN...
SIE IST ES, DIE ICH BEI DEN KERKERN SAH!
WIE IST SIE IN MEINE ZELLE GEKOMMEN...?
UND WARUM HAT SIE BLAUE HAUT?

NIMM DAS!
DAS WAR EIN GROSSER FEHLER, EIN-ÄUGIGER!
BONK!
LASS IHN IN RUHE, SNAPPER!

SCHHH
AAAAHH!
MJAM!
ZUR NOT ESSE ICH AUCH ERDLINGE!
DAG

CRUSH
AAAAHH!
WRUP!
UAARH! SNAPPER HAT HUNGER !

CRASH!!
WHP!
LAUF, SNERF!
ER... ER IST EIN MUTANT?! EIN ALIEN-MUTANT?
HRRRR!
IHR ENTKOMMT SNAPPER NICHT!

... TENTAKEL-FIASKO !!
RRR RRR

GIB MIR DEN EINÄUGIGEN, NAIVER MENSCH! DANN LASS ICH DICH IN FRIEDEN!
ZIEH LEINE, FISCHLIPPE! DU BEKOMMST IHN NICHT!
RRRR...
DU HAST ES SO GE-WOLLT!
PFF!
SPÜRE MEIN...

CLAC
CLAC
WO BIST DU ?!
ZEIG DICH GEFÄLLIGST!
CLAC
CLAC
DIESE WESEN HABEN MIR MEINE WAFFEN ABGENOMMEN...
VERDAMMT!
?!
CLAC
CLAC CLAC
...UND MEINE BRILLE EBENFALLS!

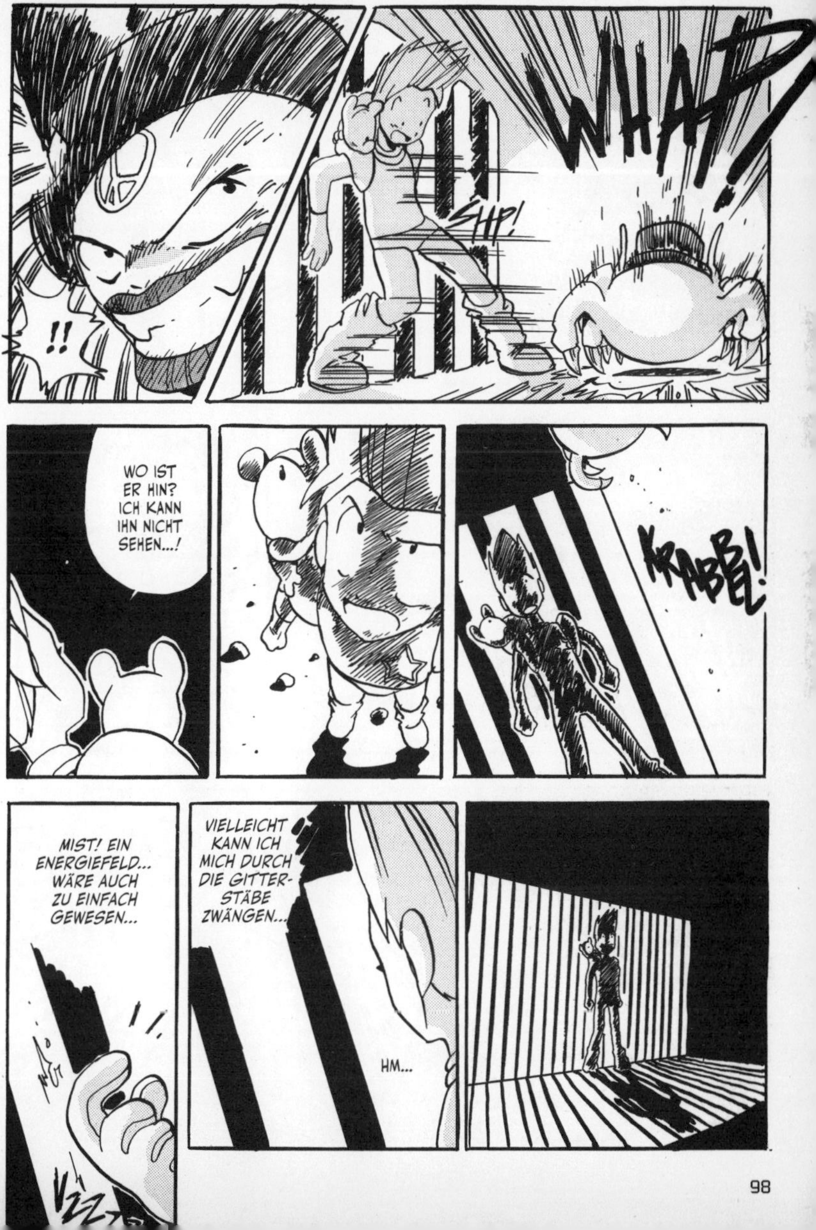
!!
SHP!
WHAT?!
WO IST ER HIN? ICH KANN IHN NICHT SEHEN...!
KRABBEL!
MIST! EIN ENERGIEFELD... WÄRE AUCH ZU EINFACH GEWESEN...
!!
VIELLEICHT KANN ICH MICH DURCH DIE GITTER-STÄBE ZWÄNGEN...
HM...

ICH MEINE JA AUCH NICHT DICH, SONDERN DEINEN EINÄUGIGEN FREUND!
HÄ, HÄ, HÄ!
VER-SCHWINDE! ICH SCHMECKE NICHT!
HARRRRR!
DAS WIRD EIN FESTMAHL!
Snie?!
!!

WAS WILLST DU VON UNS ?!
MEIN NAME IST SNAPPER! ICH VERBRINGE BEREITS MEIN HALBES LEBEN IN DIESEM KERKER...
ICH HABE SEIT TAGEN NICHTS MEHR GE-GESSEN!
... UND ICH HABE WAHN-SINNIGEN HUNGER! HÄ, HÄ, HÄ!
MJAM !!

RRRR...
...
CLAC!
CLAC!

SKIZZEN ZU SNAPPER

ERFUNDEN WURDE SNAPPER IM RAHMEN DES MONSTER-CREATOR-CONTEST IN BANZAI!, VON SIMON STELTER (11 JAHRE) AUS BORNHEIM!

Kapitel 4:

Tentakel-Fiasko!

RRR... FRISCH-FLEISCH, MMH... RRR...
?!

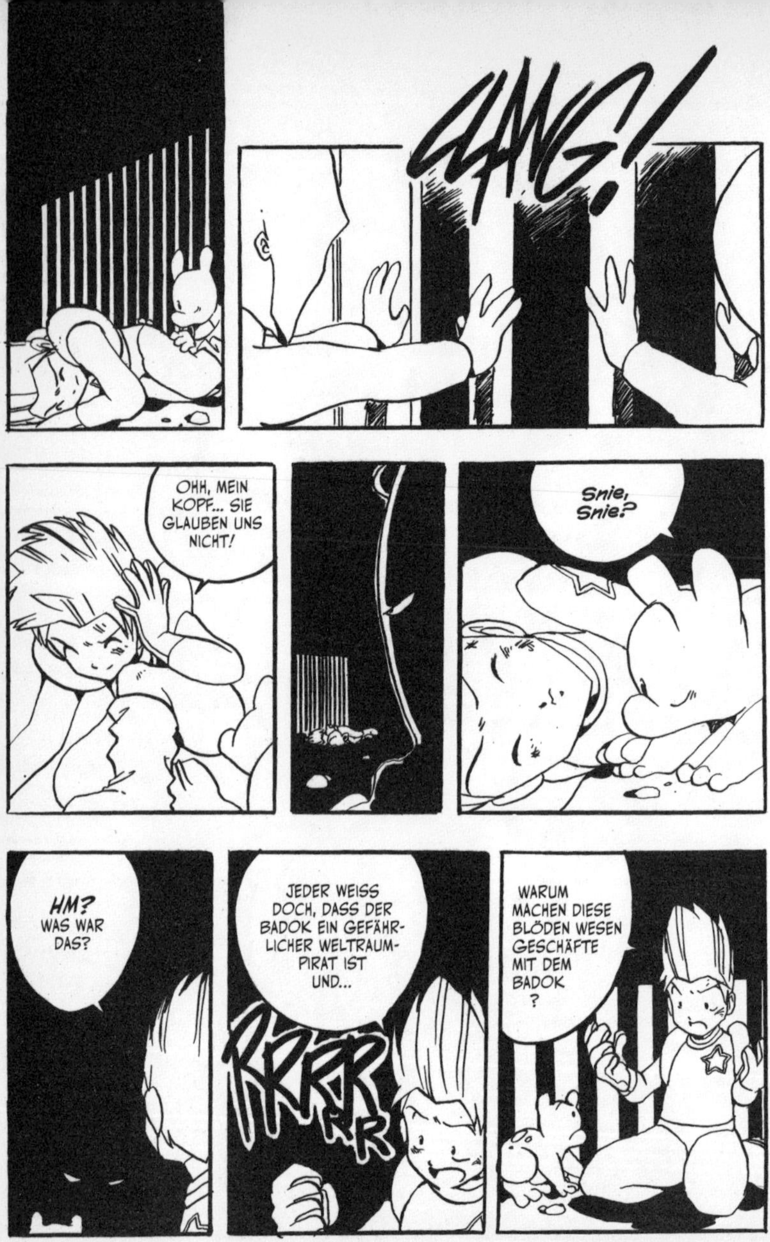
CLANG!
OHH, MEIN KOPF... SIE GLAUBEN UNS NICHT!
Snie, Snie?
HM? WAS WAR DAS?
JEDER WEISS DOCH, DASS DER BADOK EIN GEFÄHRLICHER WELTRAUMPIRAT IST UND...
RRRRRR
WARUM MACHEN DIESE BLÖDEN WESEN GESCHÄFTE MIT DEM BADOK ?

GENUG!
LASST MICH LOS! DER BADOK HINTERGEHT EUCH !!!
DU DUMMER, KLEINER EIER-KOPF! ICH SAGE DIE WAHR-HEIT!
TS
WAS SOLLEN WIR NUN MIT IHM MACHEN, GROSSER MORK?
WERFT IHN IN DEN KERKER !!!
HMM ...

...
... EINEN BADOK!
SIE HABEN EINEN NEUEN ANFÜHRER ...
DER BADOK HAT UNS DAMALS VOR DEN KRASOON GERETTET UND UNS AUF DEN MARS GEBRACHT !
ER LÜGT, EURE MAJESTÄT!
... UNSERE HANDELSBEZIEHUNGEN ZU DEM BADOK SCHÄDIGEN !!!
ICH DENKE, DER MENSCH WILL ...
HMM ...
WARUM SOLLTE ER SICH JETZT MIT IHNEN VERBÜNDEN ?

MEIN PLANET... DIE ERDE... WURDE... ZERSTÖRT!
DIE ERDE... ZERSTÖRT? VON WEM ODER WAS?
DURCH DIE KRASOON, EURE MAJESTÄT!
!!!
DAS VERBOTENE WORT!!!
DIE KRASOON, SAGST DU?
JA, EURE MAJESTÄT!
WIR HABEN SEIT EINIGEN JAHREN NICHTS VON IHNEN GEHÖRT. WIE SOLL DIESE STUMPFSINNIGE RASSE...
... ES GESCHAFFT HABEN, DAS VERTEIDIUNGS-NETZ DER FÖDERATION AUSSER KRAFT ZU SETZEN?

ER DRANG UNERLAUBT IN UNSER REICH EIN! VIELLEICHT IST ER SOGAR EIN SPION?
ES IST EIN WIDERLICHER ERDLING, EURE MAJESTÄT!
TAP!
HMM... SO, SO. TRITT VOR, ERDENJUNGE!
WESHALB BIST DU HIER?!
EIN MENSCH ALSO ...

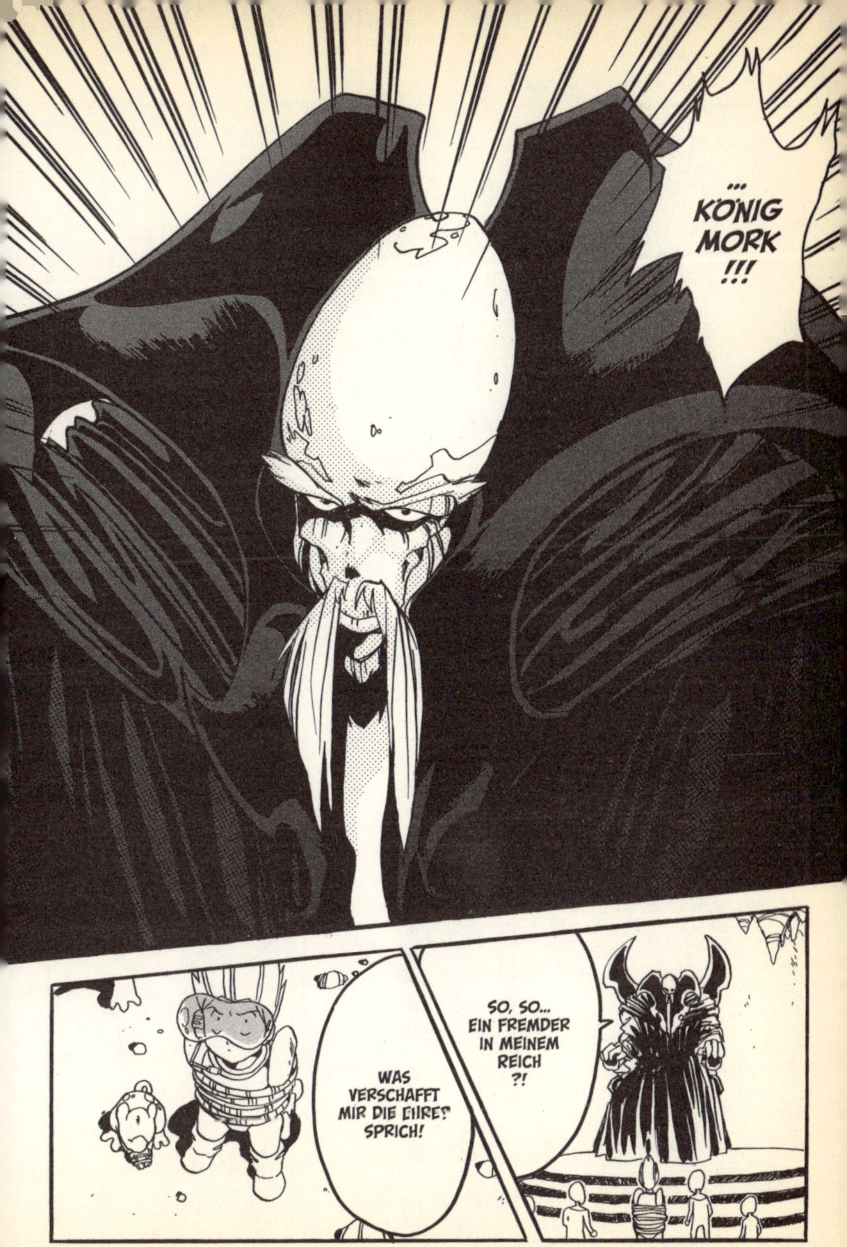
... KÖNIG MORK !!!
SO, SO... EIN FREMDER IN MEINEM REICH ?!
WAS VERSCHAFFT MIR DIE EHRE? SPRICH!

PFRRT !!!
1004
KNIET NIEDER VOR ...

GRRR ...
LOS, LOS! NICHT TRÖDELN !!!
GEHT'S NOCH, SNERF ?!
Snie, Snie.
LA LA LA

GLOTZ NICHT! HIER ENTLANG, ERDLING!
IIIIIEEEK!!
!
...
JA, JA! SCHON GUT, MANN!!! ICH HAB'S KAPIERT !!!
HEY, NICHT STEHEN BLEIBEN !!!

Snie, Snie ?
HM ...
... UND ICH WÜRDE ZU GERNE HERAUSFINDEN, WAS ES IST!
IRGENDETWAS STIMMT HIER NICHT ...
KKRREEE KREEEE

CRACK!
DASH!
ICH SAGTE: WEITER !!!
...
LOS, STEH AUF!

SIR...
KEINE SORGE, SNERF! MIR WIRD SCHON ETWAS EINFALLEN ...
Snie? Snie?
SIE KOMMEN VON DA OBEN, AUS DEM KERKER!
?!
... ICH EMPFANGE SIGNALE EINER WEITEREN HUMANOIDEN LEBENSFORM!
...

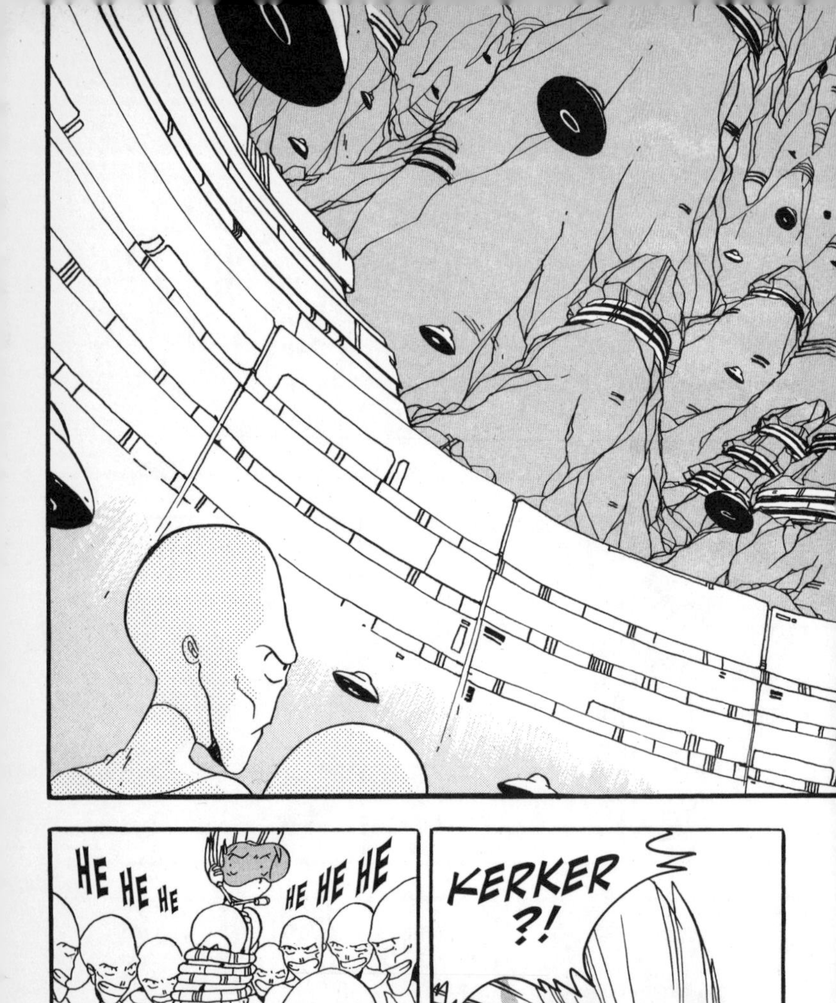
KERKER ?!
HE HE HE
HE HE HE
BATSCH!
DA ENTLANG !!!

BATSCH
HE HE HE
BATSCH!
DER VERLEGER SAGT: DA ENTLANG !!!

WOW !!!
?!
ZUM STAUNEN HABT IHR NOCH GENUG ZEIT, WENN IHR ERST MAL IM KERKER SITZT !!!

VMMMMMM
CLING
CHEE!
LOS! BEWEG DICH !!!
!
...

CRK
CHEEE
MMMM
BEEP!
BEEP

HAT DER ERDLING MICH DA ETWA GERADE NACHGEMACHT ?!
ÖH... NUN...
?!
SEHE ICH ETWA AUS WIE EIN SUMPF-KLOPS ???
FÜR MICH KLANG ES EHER WIE NEPTUNI-ANISCHER SUMPFKLOPS!
EUCH WIRD DAS LACHEN SCHON NOCH VERGEHEN, WENN MORK MIT EUCH FERTIG IST!
HRRRMM...

DU GEHST NIRGENDWO-HIN!!!
SCHWEIG, ERDEN-GEWÜRM !!!
CLICK!
SO WAS LÄCHER-LICHES! WAS WOLLEN DIE VON UNS ?!
Snie ?
LOS! FESSELT DIESES UNGEZIEFER UND BRINGT ES ZU KÖNIG MORK!
NUR KÖNIG MORK BESTIMMT, WER REDEN DARF, UÄH, UÄH!!!
UÄH! UÄH! UÄH!
NUR KÖNIG MORK BESTIMMT, WER REDEN DARF!
SCHWEIGT !!! FOLGT MIR, LOS!

WAS... WAS WOLLT IHR VON MIR?
OKAY, OKAY! WIR MÜSSEN NICHT MITEINANDER REDEN. ICH DACHTE, IHR KÖNNTET MIR WEITER-HELFEN.
KEIN PROBLEM. DANN VERSCHWINDEN WIR AUCH GLEICH WIEDER!

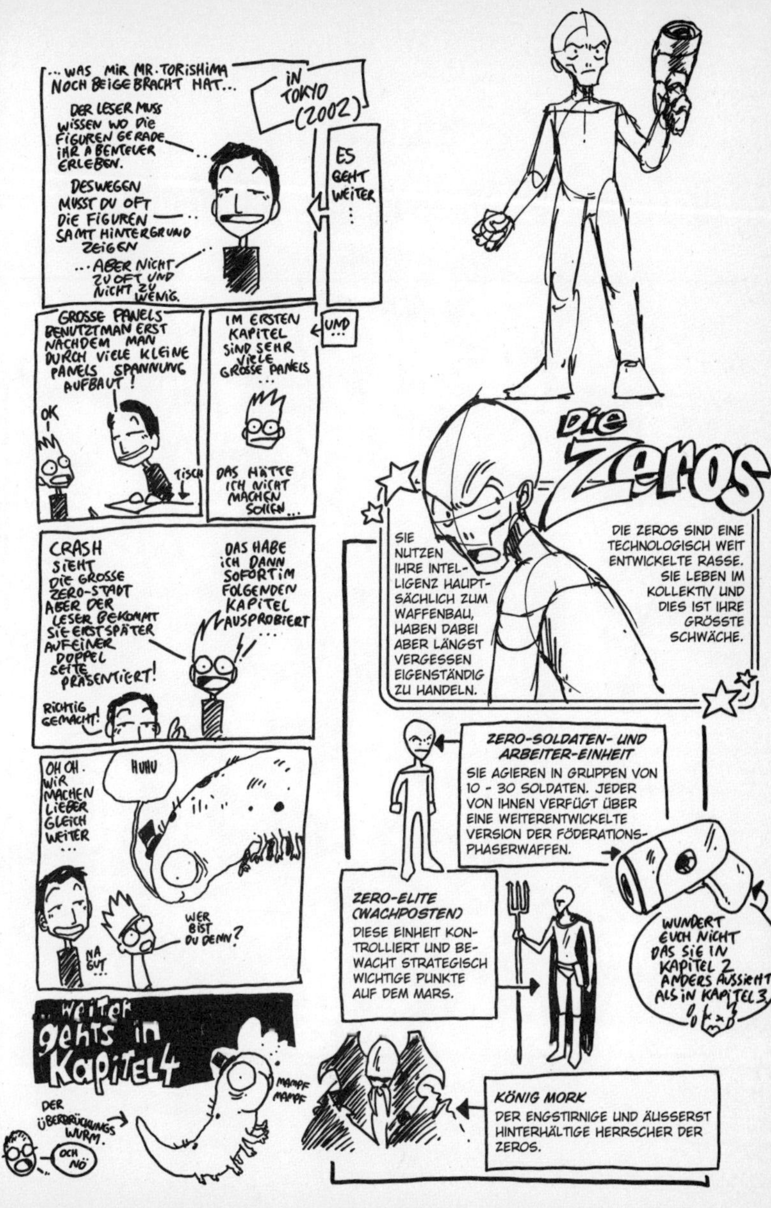

... WAS MIR MR. TORISHIMA NOCH BEIGEBRACHT HAT...
IN TOKYO (2002)
DER LESER MUSS WISSEN WO DIE FIGUREN GERADE IHR ABENTEUER ERLEBEN.
DESWEGEN MUSST DU OFT DIE FIGUREN SAMT HINTERGRUND ZEIGEN
... ABER NICHT ZU OFT UND NICHT ZU WENIG.
ES GEHT WEITER ...
UND ...
GROSSE PANELS BENUTZT MAN ERST NACHDEM MAN DURCH VIELE KLEINE PANELS SPANNUNG AUFBAUT!
OK!
TISCH
IM ERSTEN KAPITEL SIND SEHR VIELE GROSSE PANELS ...
DAS HÄTTE ICH NICHT MACHEN SOLLEN...
CRASH SIEHT DIE GROSSE ZERO-STADT ABER DER LESER BEKOMMT SIE ERST SPÄTER AUF EINER DOPPELSEITE PRÄSENTIERT!
DAS HABE ICH DANN SOFORT IM FOLGENDEN KAPITEL AUSPROBIERT ...
RICHTIG GEMACHT!
OH OH. WIR MACHEN LIEBER GLEICH WEITER ...
HUHU
NA GUT ...
WER BIST DU DENN?
... weiter gehts in Kapitel 4
DER ÜBERBRÜCKUNGSWURM.
MAMPF MAMPF
OCH NÖ
Die Zeros
SIE NUTZEN IHRE INTELLIGENZ HAUPTSÄCHLICH ZUM WAFFENBAU, HABEN DABEI ABER LÄNGST VERGESSEN EIGENSTÄNDIG ZU HANDELN.
DIE ZEROS SIND EINE TECHNOLOGISCH WEIT ENTWICKELTE RASSE. SIE LEBEN IM KOLLEKTIV UND DIES IST IHRE GRÖSSTE SCHWÄCHE.
ZERO-SOLDATEN- UND ARBEITER-EINHEIT
SIE AGIEREN IN GRUPPEN VON 10 - 30 SOLDATEN. JEDER VON IHNEN VERFÜGT ÜBER EINE WEITERENTWICKELTE VERSION DER FÖDERATIONS-PHASERWAFFEN.
ZERO-ELITE (WACHPOSTEN)
DIESE EINHEIT KONTROLLIERT UND BEWACHT STRATEGISCH WICHTIGE PUNKTE AUF DEM MARS.
WUNDERT EUCH NICHT DAS SIE IN KAPITEL 2 ANDERS AUSSIEHT ALS IN KAPITEL 3
KÖNIG MORK
DER ENGSTIRNIGE UND ÄUSSERST HINTERHÄLTIGE HERRSCHER DER ZEROS.

Kapitel 3:

In den Fängen des Mork...

BEEP

BEEP!
FHP!
CHEEP
ZIEMLICH DUNKEL HIER DRIN, WAS, SNERF?
KOMISCH... WIESO HAT DIE DENN KEI-NEN SPERR-CODE?
CHEEP
SNERF?! WO BIST DU? ICH SEHE NICHTS MEHR!
BIST DU DAS, SNERF ?!
FHP

CRUCK!
!
SIR! ICH SCANNE EINE INTELLIGENTE LEBENSFORM 800 METER NORDÖSTLICH VON HIER.
LOS, SNERF! HINTERHER! VIELLEICHT KANN UNS DIESES WESEN HELFEN!
ES FLÜCHTET JEMAND DEN ABHANG HINAB...

Snie! Snie!
?!
FUSS-SPUREN ?!
SIE SIND EXAKT 53 MINUTEN UND 16 SEKUNDEN ALT.
...
SIE FÜHREN DORT HINUNTER ...

NAJA... JEDENFALLS WIRD SIE SCHEINBAR OFFIZIELL VON NIEMANDEM MEHR BEWACHT...
VOR 22 TAGEN?! ICH DACHTE, ALLE MARSIANER SIND TOT?
IHR ID-LABEL ZEIGT DAS ERBAUUNGSDATUM 2039. SIE WURDE ZULETZT VOR... 22 TAGEN BENUTZT!
GAS
PRIMA! DAS DÜRFTE FÜR EIN PAAR LANGSTRECKENFLÜGE QUER DURCH DIE GALAXIS REICHEN.
DIE TANKS SIND NOCH ZU 70 % GEFÜLLT.

WOW! HÄTTE NIEMALS GEDACHT, DASS ICH JE DEN MARS BETRETEN WÜRDE...
ZUGRIFF VERWEIGERT! TUT MIR LEID, SIR, ABER IRGENDWAS BLOCKIERT MEINEN SPEICHER.
SCHON GUT. ICH FINDE ES SCHON RAUS...
KEINE VIREN? KOMISCH... IN DER SCHULE HABEN WIR GE-LERNT, DER MARS SEI VER-SEUCHT...
WAS KANNST DU MIR ÜBER DAS »TERRAFOR-MING-PRO-GRAMM« VON 2041 SAGEN ?
SIR! EIN PAAR METER ÖSTLICH VON HIER REGISTRIERE ICH SPUREN VON LIQUID.
SEHR GUT! DAS BRAUCHEN WIR ALS TREIBSTOFF! KANNST DU UNS HIN-FÜHREN?
GLEICH DA VORNE, HINTER DEM FELSEN...
DAS IST EINE ALTE TANK-STELLE!

CHEE
BEEP
CHOO
COMPUTER... MARSOBERFLÄCHE SCANNEN!
GERNE, SIR! DIE OBERFLÄCHE BESTEHT AUS SANDGESTEIN UND EINIGEN ALUMINIUMRESTEN DIVERSER SONDEN.
DER SAUERSTOFFGEHALT DER LUFT IST NICHT SEHR HOCH, REICHT ABER AUS. ES SIND KEINERLEI SPUREN VON VIREN IN IHR...

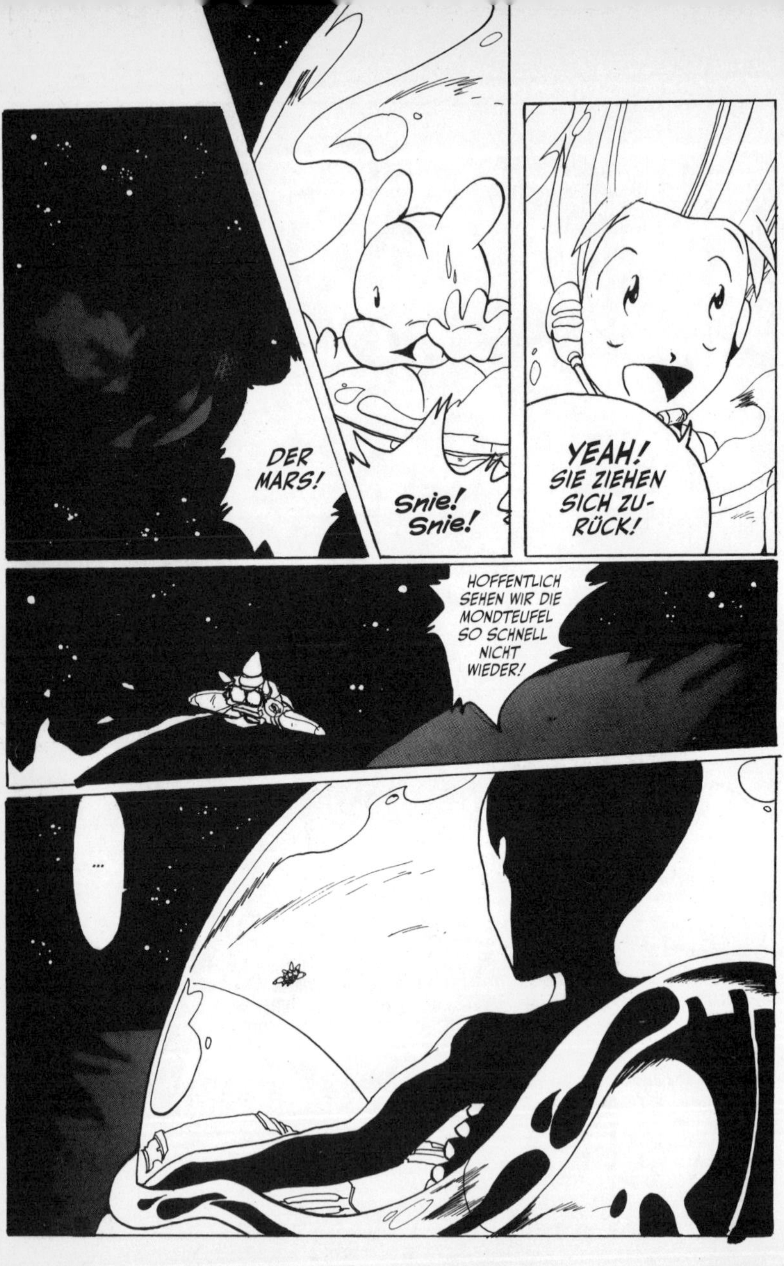
YEAH! SIE ZIEHEN SICH ZU-RÜCK!
Snie! Snie!
DER MARS!
HOFFENTLICH SEHEN WIR DIE MONDTEUFEL SO SCHNELL NICHT WIEDER!
...

OH NEIN! BITTE, TU' MIR DAS NICHT AN!
BEEBEEP
WARNING!
DER TREIBSTOFF IST ALLE!
BEEP
EINEN TURBO-BOOST KRIEGEN WIR NICHT MEHR HIN! WIR MÜSSEN UNS WAS ANDERES EINFALLEN LASSEN.
Snie!
SLUNGSLUNG
CLUNG CLANG
ACHTUNG! SCHILDE AUF 50 %!
NA, KLASSE!
NANU? WAS IST JETZT ?
!!

NIMM DAS!
EEEK!
YEAH! HA, HA, HA!
BLAM
BLAM!
BEEW
BEEW!
JETZT DEN TURBO-BOOST, UND DANN NICHTS WIE WEG VON HIER!
SO VIEL ZUM THEMA »LASER CANONS« ...
VEEEEM

CRASH
ER HAT SICH AN DER TRAGFLÄCHE FESTGEBISSEN!
OH NEIN!
CLANG!
Snie! Snie! Snie!
ICH WEISS! ES WERDEN IMMER MEHR... ABER WIR SIND SCHNELLER!
DANG!
DEN WÄREN WIR LOS!

Snie! Snie! Snie!
WAS?
EEK
EEK
EEK
EEK
MONDTEUFEL?! AUCH DAS NOCH!
QUÄL-GEISTER, DEREN NAH-RUNG HAUPT-SÄCHLICH AUS METALL BESTEHT!
LASS UNS BETEN, DASS SIE SCHON GEFRÜH-STÜCKT HABEN!

DU HAST RECHT! WIR BRAUCHEN WASSER! ABER WO BEKOMMEN WIR WELCHES HER?
LASS UNS MAL NACHDENKEN... WAS BRAUCHEN WIR ALS ERSTES? WAS IST DIE GRUNDVORAUS-SETZUNG ALLEN LEBENS...?
Sniiie!
CHEE
VZZT
ICH HAB'S! NA KLAR...
VOM MARS! DA HABEN DIE IN DEN 40ERN DOCH DIESES TERRAFORMING-PROGRAMM FÜR DIE MARSIANER GESTARTET, UM DIE POLKAPPEN ZU SCHMELZEN...
ZWAR WURDE DABEI EIN VIRUS EINGE-SCHLEPPT, WAS DIE MARSIANER VOLL-KOMMEN VERNICHTETE, ABER DAS DÜRFTE DEM WASSER JA NICHT GESCHADET HABEN...
ODER WAS MEINST DU?
Snie, snie!
NA GUT...
VEEEEEEE
BOOOSH!
DANN AUF ZUM MARS!

SANNING... ZUGRIFF VERWEIGERT!
HÄ?! WIESO »ZUGRIFF VERWEIGERT« ?
ZUGRIFF AUF »ZUGRIFF VERWEIGERT« WURDE VERWEIGERT! DAS PROGRAMM WIRD AUFGRUND EINES UNGÜLTIGEN FEHLERS GESCHLOSSEN.
WAS KANNST DU MIR ÜBER DIE ANDERE KAPSEL SAGEN?
BEEP!
NA, SO SONDERLICH HILFREICH IST DIESE BRILLE AUCH NICHT...
TJA, SCHÄTZE, WIR SIND AUF UNS ALLEINE GESTELLT, SNERF.
WENN WIR DIESEN PLANETEN WIEDER AUFBAUEN WOLLEN, BEDARF ES MEHR ALS NUR 'NER COOLEN BRILLE.
Snie!

GUTEN ABEND, CAPTAIN CRASH CASHADDI. WAS KANN ICH FÜR SIE TUN?
?! SIE SPRICHT?
CAPTAIN! NATÜRLICH SPRECHE ICH. DAS TUE ICH, SEIT ICH GEBAUT WURDE.
CAPTAIN? DU MUSST MICH VERWECHSELN! ICH BIN KEIN CAPTAIN! ICH BIN 14 JAH...
HA, HA! IST DAS EINER IHRER ÜBLICHEN SCHERZE, CAPTAIN? DER DNS-SCAN WAR ZU 99,9 % EINDEUTIG. ABER ICH SCANNE SIE GERNE NOCH EINMAL!
OH! IHR ID-LABEL ZEIGT AN, SIE WURDEN ZUM CREWMAN DEGRADIERT. WIE SCHADE... DENNOCH UNTERSTEHE ICH IHREM KOMMANDO, SIR!
WAS KANN ICH FÜR SIE TUN?
HM... KANNST DU AUCH ANDERE DINGE SCANNEN?
Snie?
SCANNING... SNERF. • RASSE DER CARNORAU • ALTER: 5 ERDEN-JAHRE UND 27 TAGE • GRÖSSE: 50 CM • ALLESFRESSER • VAKUUM-SCHUTZHAUT SCAN ABGE-SCHLOSSEN!

... ALS SIE NOCH DIESE ÖDEN PLASTIKHELME HATTEN.
DATASCAN ABGESCHLOSSEN!
HA, HA! MANN, WAS WAREN ASTRONAUTEN FRÜHER AUFGESCHMISSEN ...
?!
WOW! 'NE HOLOBRILLE, WIE IN »DRAGIC MASTER«!

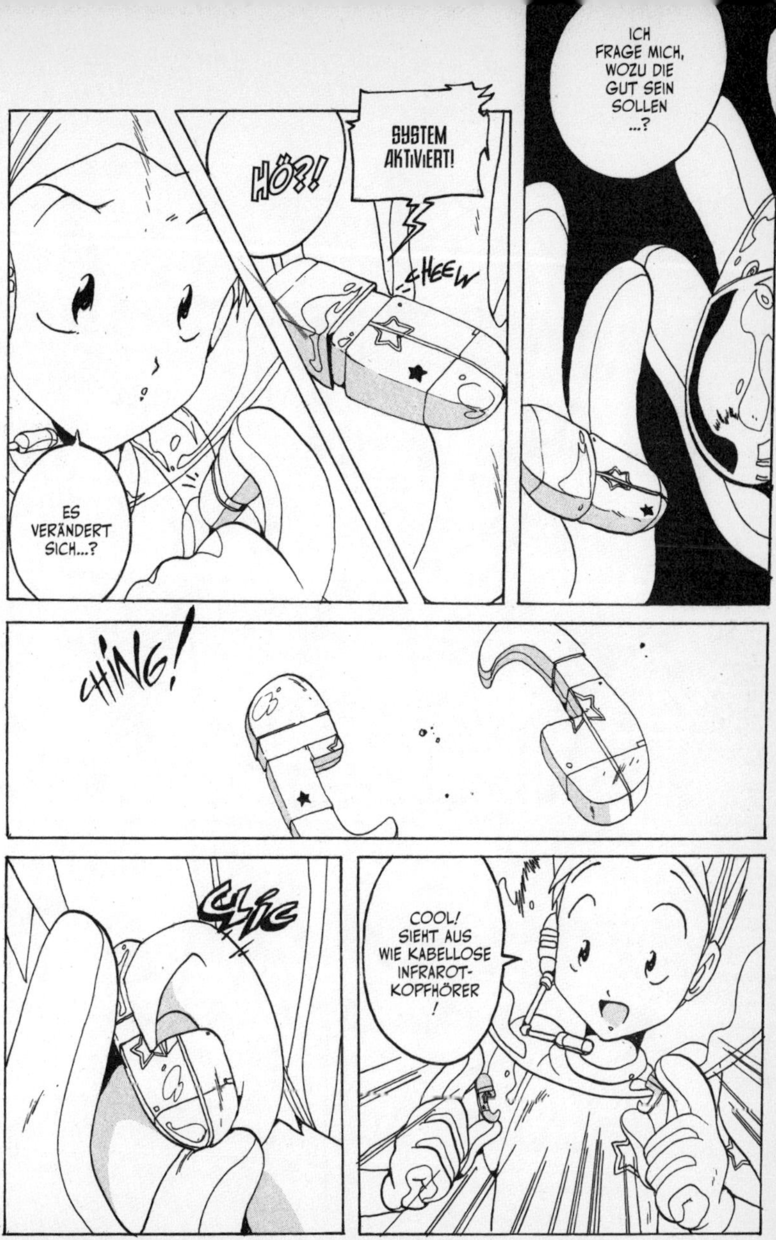
ICH FRAGE MICH, WOZU DIE GUT SEIN SOLLEN ...?
SYSTEM AKTIVIERT!
HÖ?!
CHEEW
ES VERÄNDERT SICH...?
CHING!
COOL! SIEHT AUS WIE KABELLOSE INFRAROT-KOPFHÖRER!
CLIC

Snie!
... IST EIN HAUFEN STAUB!
PSSHH
ES GIBT KEIN WASSER MEHR, KEINE PFLANZEN, KEINE TIERE, REIN GAR NICHTS MEHR...
JETZT IST DIE ERDE NUR NOCH EIN RIESIGER KLUMPEN DRECK!
ALLES, WAS UNS BLEIBT, SIND DIE BEIDEN MERKWÜRDIGEN KAPSELN, DIE UNS DIESER ALTE MANN GAB.
HIER GIBT ES NICHT EINMAL MEHR LUFT ZUM ATMEN. GUT FÜR DICH, DASS DU SO WAS NICHT BRAUCHST.
Snie!

VMMM
DIE KRASOON HABEN DIE GESAMTE MENSCHHEIT UND UNZÄHLIGE LEBENSFORMEN MIT EINEM VERNICHTENDEN SCHLAG PULVERISIERT.
SIEH DIR DAS AN, SNERF! ICH KANN ES IMMER NOCH NICHT FASSEN!
PHF!
UND ALLES, WAS SIE ÜBRIG GELASSEN HABEN...

MEINST DU, SIE SIND WEG ?
Snie!

WENN IHR DIE EINZELNEN KAPITEL IN DIESEM TASCHEBUCH MITEINANDER VERGLEICHT, WERDET IHR FESTSTELLEN, DASS SICH DER ZEICHENSTIL VON KAPITEL ZU KAPITEL TOTAL VERÄNDERT HAT.

DAS LIEGT DARAN, DASS ICH IM VERGANGENEN JAHR EINE VIELZAHL NEUER DINGE GELERNT HABE, DIE WICHTIG SIND UM EINEN SHONEN-MANGA ZU ZEICHNEN. MIT DEM ERSTEN UND AUF JAPANISCH ÜBERSETZTEN KAPITEL VON CREWMAN3 BIN ICH ZUSAMMEN MIT ZWEI CARLSEN-REDAKTEUREN NACH TOKYO GEFLOGEN, UM ES DEN TOP-ZEICHNERN DORT ZU PRÄSENTIEREN UND SIE UM VERBESSERUNGSVORSCHLÄGE ZU BITTEN...

Kapitel 2:

Das Mars-Mysterium...

NA GUT... ER WILL UM DEN PLANETEN KÄMPFEN ...
... UND WIR NEHMEN DEN KAMPF AUF!

HAR, HAR, HAR! DAS ÜBERLASSE ICH DIR! DU WIRST SO ODER SO STERBEN! VORHER SOLLST DU ABER GENAUSO LEIDEN, WIE ICH ES TAT! HAR, HAR!
SOLL DAS EIN WITZ SEIN? DREI JAHRE? WIE SOLL DAS GEHEN? WIE STELLST DU DIR DAS VOR?
HÖR ZU, CRASH! ICH KOMME IN 3 JAHREN WIEDER, NACHDEM WIR SÄMTLICHE PLANETEN IN DER UMGEBUNG EROBERT HABEN. BIS DAHIN HAST DU ZEIT EINE ARMEE AUF DIE BEINE ZU STELLEN UND DEN LEBLOSEN MATERIE-BALL, DIE ERDE, GEGEN MICH ZU VERTEIDIGEN...
EIN LAUSIGES PANEL, ICH WEISS
TRANSMISSION
- END -
...

DAFÜR WIRD DICH DIE INTERGALAKTISCHE FÖDERATION EXEKUTIEREN, DU MIESER OCHSE!
DA DU MIR BEIM LETZTEN MAL MEINE PLÄNE DURCHKREUZT HAST, MUSSTE ICH MIR ETWAS GANZ BESONDERES EINFALLEN LASSEN, UM MICH ZU RÄCHEN!
EXEKUTIEREN...?! HAR, HAR! MIT WELCHER ARMEE?! DIE FÖDERATION IST GESCHWÄCHT, UND DIE ERDE ALS EINER IHRER GRÖSSTEN VERBÜNDETEN GESCHLAGEN!
EINE GÜNSTIGE GELEGENHEIT ALSO, DIE HERRSCHAFT ÜBER DAS GESAMTE UNIVERSUM ANZUSTREBEN... FÜR MICH!

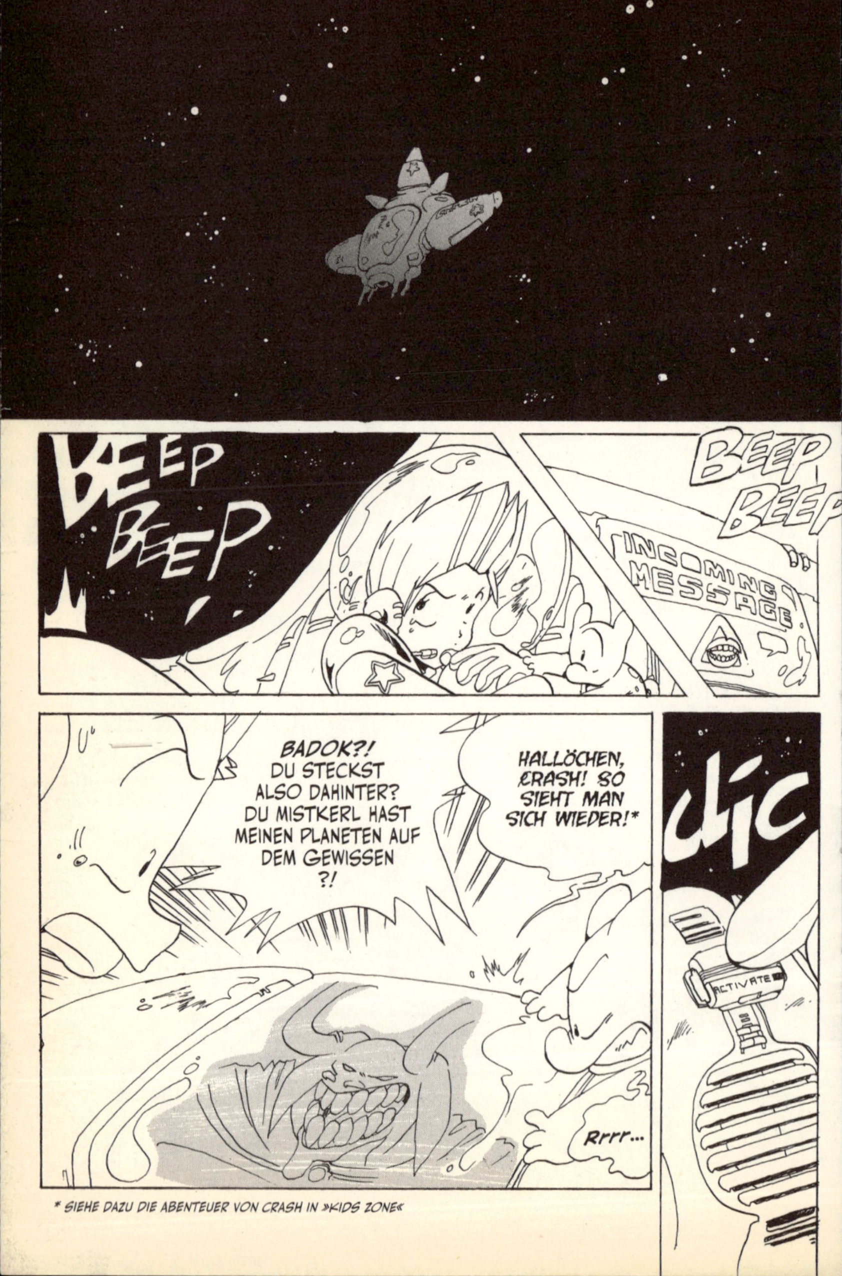

* SIEHE DAZU DIE ABENTEUER VON CRASH IN »KIDS ZONE«

OH, GROSSER HERRSCHER... EINER DER PRIMITIVEN HOMO SAPIENS HAT ÜBERLEBT. SOLLEN WIR IHN VERNICHTEN?
... NEIN! LASST IHN AM LEBEN! ER SOLL LEIDEN! STELLT EINE VERBINDUNG ZU SEINEM BORD-COMPUTER HER!

KoOSsSHH

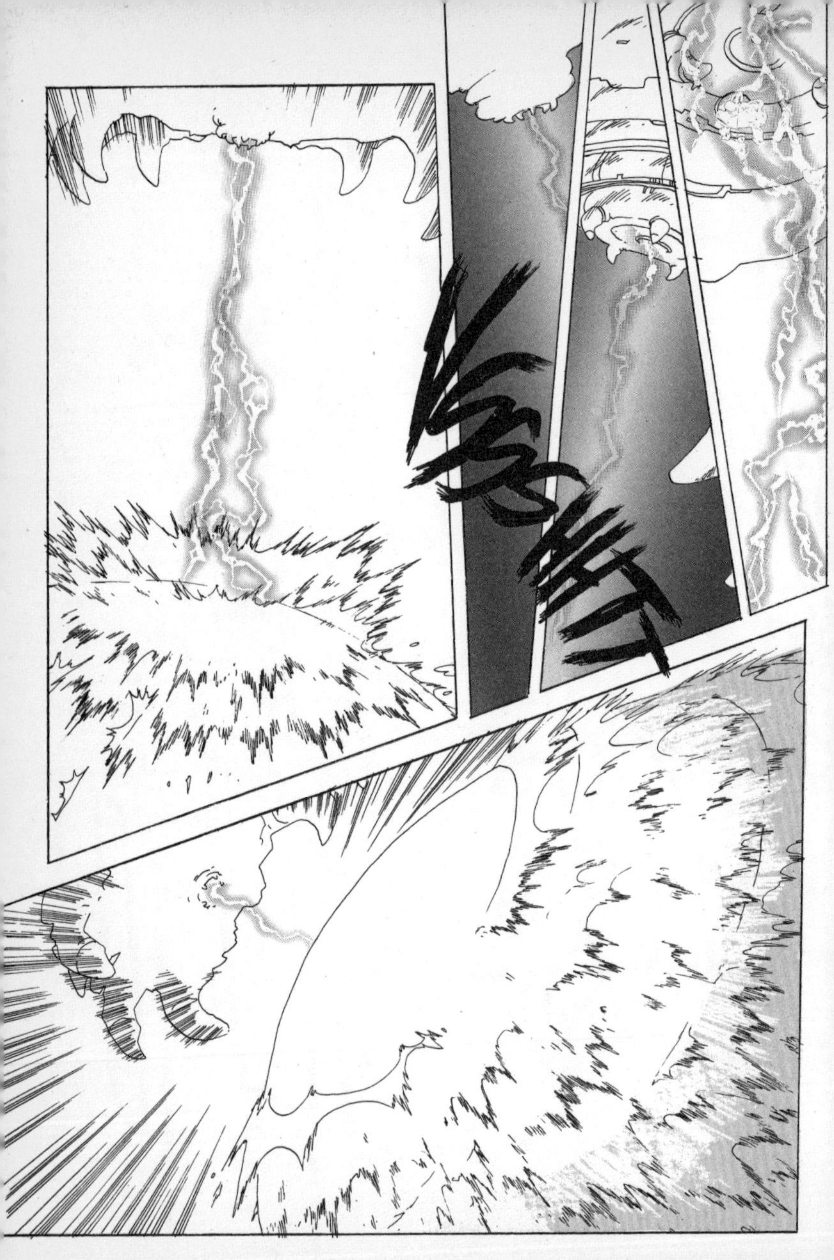

VZZZTT!
JAAAAA!
NEEEIIIN!!

WIR SIND SO WEIT, MEIN GEBIETER !
SEHR GUT. WEGTRETEN, NR. 488797 !
OH, GROSSER HERRSCHER, WIE SIEHT NUN IHR WEITERER PLAN AUS?
LÖSCHT SIE AUS...
... ALLESAMT !

EIN MUTTERSCHIFF DER KRASOON... DAHIN FLIEGEN SIE ALSO! SIE SAMMELN SICH TATSÄCHLICH ZUM END-SCHLAG !!

KRASOON... SCHEINT SO, ALS HÄTTEN SIE KEIN GROSSES INTERESSE AN UNS... ABER WO FLIEGEN SIE HIN?
Snie!
HM? WAS...?
OH NEIN!
ICH GLAUB'S NICHT! DER ALTE MANN HATTE RECHT ...

!!
WER ODER WAS... ?!
VEEEE
VEEEE
VEEE

HA! JETZT WÜRDE ICH GERN JACKS GESICHT SEHEN!
DA HABE ICH ES MIT MEINER »NAIVEN TRÄUMEREI« DOCH TATSÄCHLICH INS WELT-ALL GESCHAFFT...
HA! HA! HA!
RUMBEL!
DIE SCHUTZ-SCHILDE WURDEN BESCHÄDIGT! WIR WERDEN ANGEGRIFFEN!
BEEP BEEP
BEEEP

HA, HA! YEEAAAH! ES FLIEGT, SNERF! ES FLIEGT !!
SNERF! SIEH DIR DAS AN! IST DAS NICHT FANTAS-TISCH ?!
Snie, snie!
DAS IST DAS WELTALL ...
WOW!

GOTT SCHÜTZE DICH, CRASH!
GO!
VOOOOOM

BEEIL DICH! DIE MUTTERSCHIFFE SAMMELN SICH BEREITS ZUM FINALEN SCHLAG! DU MUSST VON HIER WEG!
?!
AUS DEN GESCHICHTS-BÜCHERN DER ZUKUNFT...
OKAY, »MISTER UNBEKANNT«... ICH BIN STARTKLAR !!

LOS, LOS! DU HAST KEINE ZEIT ZU VERLIEREN... ZIEH DEINEN RAUMANZUG AN, UND DANN NICHTS WIE WEG!
...
CLICK
HE, HE... NEIN, SIR! DAS DA IST NICHT MEIN RAUMANZUG. DEN HABE ICH IN EINEM ABGESTÜRZTEN SCHLACHTSCHIFF GEFUNDEN. DER GEHÖRTE EINEM DER CREW-MITGLIEDER. ICH KANN DOCH NICHT...
OH, MANN... SO WAS... WOHER KENNEN SIE ÜBERHAUPT MEINEN NAMEN?
DU HAST KEINE ALTERNATIVE! DIE WELT STIRBT!
ZIEH IHN ALSO AN!

WENN DIE ZEIT REIF IST, WIRST DU WISSEN, WAS DU DAMIT ANFANGEN MUSST.
FLIEG SO WEIT NACH DRAUSSEN, WIE DU KANNST. RETTE DICH UND DIE KAP-SELN. UND BESCHÜTZE SIE WIE DEIN LEBEN.
?
?
... MUSS UNBEDING ERHALTEN BLEIBEN.
INS ALL FLIEGEN?! NUN JA... ICH WEISS NICHT SO RECHT... ICH WOLLTE VOR-HER NOCH EINEN TESTFLUG MACHEN, WEIL ES NOCH NICHT GANZ FERTIG IST. UND...
KANN ES FLIEGEN?!
ÖH... THEORETISCH JA, ICH GLAUBE ABER, DASS...
DANN WIRD ES AUCH FLIEGEN !

ICH?! SOLL DAS EIN WITZ SEIN? WIE SIND SIE ÜBERHAUPT HIER HEREINGE-KOMMEN?
DAS SPIELT KEINE ROLLE...
DU BIST DER EINZIGE MENSCH, DER NOCH EIN RAUM-SCHIFF BESITZT.
ICH BIN KEIN KRASOON ...
ICH BIN EIN ABGESANDTER DER FÖDERA-TION. DU BIST DER EINZIGE, DER UNS NOCH HELFEN KANN!
ALLE ANDEREN WURDEN ZER-STÖRT. VOR VIER STUNDEN HAT EINE ARMADA VON ZWEI MILLIO-NEN KRASOON-SCHIFFEN ALLE MILITÄRISCHEN STÜTZPUNKTE DER ERDE AUS-RADIERT ...
DIE KRASOON HABEN DAS GESAMTE KOM-MUNIKATIONSSYSTEM LAHM GELEGT. SIE KAMEN VÖLLIG ÜBER-RASCHEND AUS DEM NICHTS.
ALLE ARMEEN WURDEN ELIMINIERT. UND DER ERDE SELBST DROHT IN WENIGEN MINUTEN DAS GLEICHE SCHICK-SAL...
ABER DAS HIER...

BAM BOM!
DAS SIND ZU VIELE, SNERF!
BOOOM
BOM!
SWEE
CLOSE
GEGEN DIE HABEN WIR NICHT DEN HAUCH EINER CHANCE...
!
DOCH! DIE HABT IHR!
KEINEN SCHRITT WEITER, ODER ICH SCHIESSE!
HALT!
NIMM DIE WAFFE RUNTER...

OH, OH... SNERF... ?
Snie ?
LASS UNS AB-HAUEN !!
Snieee !

AAAH!!
WIR MÜSSEN IHR HELFEN! ABER WIE ...?
Snie?
EINE PHASER-CANON?!
Snie!
ICH WERDE SIE MIR NUR AUSLEIHEN.
HAR! HAR!
DU KLEINER NARR! DU WILLST DICH MIT UNS ANLEGEN?!
EIN PHASER?! WIE WITZIG!

?!
WA...WAS?! KRASOON-FIGHTER ?!
AIIIIIEE!! HILFE!! ASST MICH LOS, IHR BESTIEN !!
Snie, Snie!

CHEE
...
IDIOT!
ABER DU WIRST FLIEGEN! DAS WEISS ICH!
VOOOM
KLAM
Snie!
WAS ZUM...
CHEEEE!

JACK! ES REICHT MIR, WENN ICH ES DAMIT SCHAFFE, DIE ERDE ZU VERLASSEN UND INS ALL ZU FLIEGEN. ICH WILL KEINE GESCHWINDIGKEITSREKORDE AUFSTELLEN!
DAS SIND ABER NUR DIE GERINGSTEN PROBLEME, CRASH. DIE TANKS SIND ZU KLEIN, UM DAMIT WIRKLICH LANGE IN DER LUFT BLEIBEN ZU KÖNNEN. UND MIT DEN LASERKANONEN KANN DEIN FLIEGER INS TRUDELN GERATEN. AUSSERDEM SIND SIE ILLEGAL.
SELBST WENN DU ES SCHAFFEN SOLLTEST, DAS DING ZUM FLIEGEN ZU BEKOMMEN, HAST DU BEREITS NACH KURZER ZEIT DIE ID-POLICE IM NACKEN. UND DANN WÄREN DA NOCH ETLICHE FÖDERATIONSKONTROLLEN, DIE DU PASSIEREN MUSST. DU BIST ZU NAIV, CRASH!
S IST NICHT AMIT GETAN, N RAUMSCHIFF U BAUEN. ES GIBT ICHTLINIEN, AN DIE AN SICH HALTEN MUSS.
WELCHE CHANCEN HÄTTE EIN 14-JÄHRIGER JUNGE, EINE ZULASSUNGS-ID ZU BEKOMMEN? WENN ES NACH DEN RICHTLINIEN DER FÖDERATION GINGE, HÄTTE ICH AUCH IN 10 JAHREN NOCH KEINEN FLIEGER!
SCHÖN! WIE DU WILLST! ICH WOLLTE DIR NUR HELFEN... DU WIRST SCHON SEHEN, WAS DU DAVON HAST!
MANCHMAL MUSS MAN ETWAS RISKIEREN, UM SEINE TRÄUME ZU VERWIRKLICHEN! UND ICH LASSE SIE MIR VON NIEMANDEM ZERSTÖREN, MISTER BESSERWISSER!
...

TA-DAAH
CRASH
MEIN EIGENES RAUMSCHIFF! WIE FINDEST DU ES ?
Snie!
CLONG
CLONG
HM... ICH WEISS NICHT RECHT... ICH DENKE, DIE UMMANTELUNG HÄLT DEM BESCHLEUNIGUNGSDRUCK NICHT STAND!
AUSSERDEM HAST DU DIE SCHUBKÜHLUNG UNEFFEKTIV PLATZIERT. DAMIT ERREICHST DU NIEMALS HÖCHSTGESCHWINDIGKEIT.

DAS TEIL IST EIN KLEINES VERMÖGEN WERT! MAN FINDET HIER NICHT ALLE TAGE GUT ERHALTENE TEILE VON KRASOON-SCHIFFEN...
...
NUN ...
ICH GLAUBE SCHON... ER HAT MIR HEUTE MORGEN DIESEN KRASOON-KOMPENSATOR VERKAUFT!
... ICH HABE GEHÖRT, DASS SIE NACH DIESEM JUNGEN SUCHEN.
HABEN SIE IHN GESEHEN?
KÖNNEN SIE MIR SAGEN, WO ICH IHN FINDEN KANN?
KLAR! DAS IST GAR NICHT SO WEIT VON HIER ...
UNMÖGLICH! DAS ÖL IST NOCH FRISCH! SOLLTE DAS ETWA HEISSEN, DASS SIE SCHON...? NEIN! DAS KANN NICHT SEIN...
DAS KOSTET ABER 'NE KLEINIGKEIT ...

KENNEN SIE DIESEN JUNGEN?
NEIN.
KENNEN SIE DEN?
NIE GESEHEN ...
HABEN SIE DIESEN JUNGEN SCHON MAL GESEHEN?
NEE!
PUH!
GAR NICHT SO LEICHT, WIE ICH DACHTE...
HOT DOGS! HEISSE HOT DOGS!
GREIFT ZU, SOLANGE SIE HEISS SIND!
EINEN MIT SENF BITTE.
KOMMT SOFORT, DER HERR! SAGEN SIE...

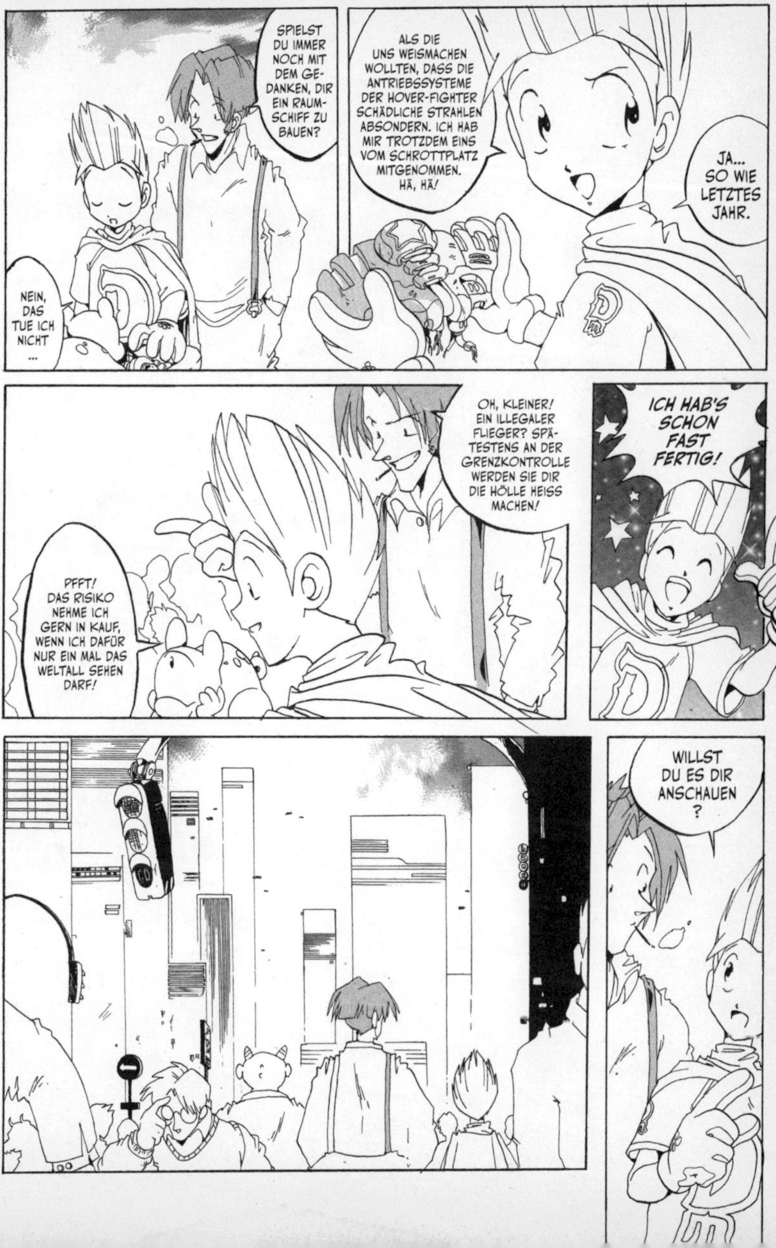
SPIELST DU IMMER NOCH MIT DEM GEDANKEN, DIR EIN RAUMSCHIFF ZU BAUEN?
NEIN, DAS TUE ICH NICHT ...
ALS DIE UNS WEISMACHEN WOLLTEN, DASS DIE ANTRIEBSSYSTEME DER HOVER-FIGHTER SCHÄDLICHE STRAHLEN ABSONDERN. ICH HAB MIR TROTZDEM EINS VOM SCHROTTPLATZ MITGENOMMEN. HÄ, HÄ!
JA... SO WIE LETZTES JAHR.
OH, KLEINER! EIN ILLEGALER FLIEGER? SPÄTESTENS AN DER GRENZKONTROLLE WERDEN SIE DIR DIE HÖLLE HEISS MACHEN!
PFFT! DAS RISIKO NEHME ICH GERN IN KAUF, WENN ICH DAFÜR NUR EIN MAL DAS WELTALL SEHEN DARF!
ICH HAB'S SCHON FAST FERTIG!
WILLST DU ES DIR ANSCHAUEN?

ICH WERDE SIE AUF DEM SCHWARZMARKT VERKAUFEN.
WENN DIE BULLEN DICH DAMIT ERWISCHEN, SIEHST DU ALT AUS!
WAS HAST DU DENN GE... OH! SILIZIUMSPULEN?! DU WEISST DOCH, DASS DIE DINGER VERBOTEN SIND!
ICH BENUTZE SIE NICHT ZUM TUNING!
ICH HABE AUCH SO EIN OBJEKT GESEHEN... IN UTAH ...
... WURDE HEUTE MORGEN JEGLICHER KONTAKT ZU ALLEN 15 FÖDERATIONSPOSTEN IM ALL VERLOREN. DIE REGIERUNG STEHT VOR EINEM RÄTSEL. UNTERDESSEN WERDEN UNUNTERBROCHEN OBJEKTE GESICHTET, DIE IN DEN ORBIT DER ERDE EINDRINGEN!
UTAH? DAS IST SPERRGEBIET. DARÜBER KREIST DER STÄRKSTE GRENZPOSTEN DER FÖDERATION. DA KOMMT NICHTS DURCH! DU HAST DICH SICHER GEIRRT!
NATÜRLICH. DAS KENNEN WIR DOCH ...
ZIP
HM... WAHRSCHEINLICH HAST DU RECHT. ALLES NUR PANIKMACHE.

Budweiser
Panasonic
feel the energy
NEW YORK CITY: TIME SQUARE... RUSH-HOUR!
CRUSH!
HEY! PASS DOCH AUF!
SORRY, BIN IN EILE!
BLODMANN! DU HÄTTEST MICH BEINAH ZERMATSCHT!
HI JACK!
HA, HA!
HEY, KLEINER! WIEDER BEUTE GEMACHT?

VOR ALLEM, WENN MAN BEDENKT...
VERDAMMT!
... DASS DAS N-FBI VOR ZWEI JAHREN DURCH DIE WORLD SECURITY AGENCY ERSETZT WURDE.
... UND LASS DICH HIER NIE WIEDER BLICKEN, DU KOMISCHER ALTER MANN !
SMACK
BAM!

ICH HABE GEHÖRT, ER TREIBT SICH ÖFTER HIER IN DER GEGEND HERUM, UM MIT ALTEM GERÄT ZU HANDELN.
UND SIE HABEN IHN WIRKLICH NOCH NIE GESEHEN ?
NEIN, SIR! DAS SAGTE ICH DOCH BEREITS. SIND SIE EIN BULLE, ODER WAS?!
IEK IEK
SO, SO...
AGENT VELLIS
ÄH... JA, SOZUSAGEN.
AGENT VELLIS VOM N-FBI.
VOM N-FBI? DAS IST JA INTERESSANT!

NEIN, TUT MIR LEID... NOCH NIE GESEHEN.
HM ...
KENNEN SIE DIESEN JUNGEN ?
NEIN! WIRKLICH, ICH KENNE DIESEN JUNGEN NICHT.
SCHAUEN SIE IHN SICH GANZ GENAU AN!
SEIN NAME IST CRASH. CRASH CASHADDI, 14 JAHRE ALT...
EINER DIESER NEU-MODISCHEN VORNAMEN. SIE WISSEN SCHON...
SO, SO...
SEINE ELTERN STAMMTEN AUS DEUTSCHLAND UND FRANKREICH, DOCH SEIT SIEBEN JAHREN IST ER WAISE...

E 34 ST
YO! BLITZ-BLANK! NA, WER SAGT'S DENN?!
DAS WAR EIN MIX-X-SPEZIAL, RICHTIG?
DANKE. SAGEN SIE...

NEW YORK CITY... GRÖSSTER RAUMHAFEN DER ERDE UND SITZ DER UNITED GALAXY FEDERATION ...

VEEEEEEE
?!
JETZT IST ER VERSCHWUNDEN... WAS IN ALLER WELT WAR DAS?
SNERF? HAST DU DAS AUCH GESEHEN?
MIR IST DIESER ORT NICHT GEHEUER. WIR BEFINDEN UNS DOCH IN EINER ABSOLUTEN FLUGVERBOTS-ZONE? SELTSAM...

LASS UNS ALLES AUFLADEN UND GANZ SCHNELL VON HIER VERSCHWINDEN. ES WIRD GLEICH DUNKEL!
DIE HABEN DAMALS EUREN PLANETEN VOR DEN KRASOON GERETTET!
SO 'NE UNIFORM IST WAS GANZ BESONDERES, WEISST DU?
DAS WIRD EIN RIESENSPASS, WAS, SNERF?
Snie, Snie!
ZUSAMMEN MIT DEN ALTEN KOMPENSATOREN UND DEN ENERGIE-SPULEN AUS DEM ZERSTÖRTEN RAUMSCHIFF...
... KANN ICH MIR ENDLICH MEIN EIGENES RAUMSCHIFF FERTIG STELLEN UND DAMIT INS ALL FLIEGEN!

2070. UTAH, ZWEIT-GRÖSSTER WELTRAUM-SCHROTT-PLATZ AMERIKAS.
YEAH! WEISST DU WAS DAS IST, SNERF?
NAME: CRASH CASHADDI
ALTER: 14 JAHRE
HEIMATPLANET: ERDE
BESONDERHEIT: RAUMSCHIFFBASTLER
Snie?
DAS IST DIE ALTE UNIFORM...
...
NAME: SNERF
ALTER: 5 JAHRE
HEIMATPLANET: CARNOSUS
BESONDERHEITEN: CRASHS TREUER BEGLEITER
... EINES DER CREWMITGLIEDER DES LEGENDÄREN SCHLACHTSCHIFFES »ZERSTÖRER 84«!!!
›Für die Taschenbucherleser habe ich die Farbseiten neu gezeichnet!‹

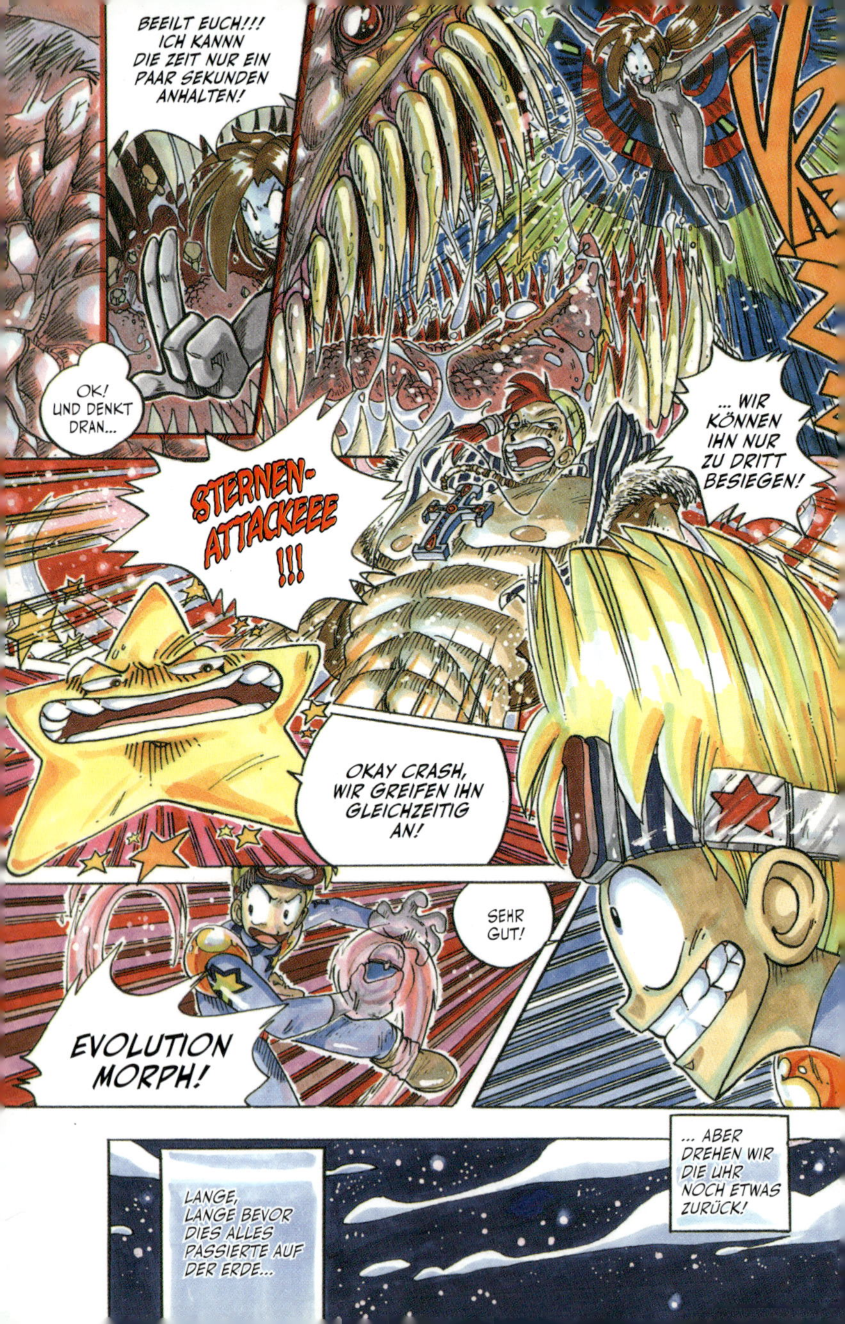
BEEILT EUCH!!! ICH KANNN DIE ZEIT NUR EIN PAAR SEKUNDEN ANHALTEN!
OK! UND DENKT DRAN...
... WIR KÖNNEN IHN NUR ZU DRITT BESIEGEN!
STERNEN-ATTACKEEE !!!
OKAY CRASH, WIR GREIFEN IHN GLEICHZEITIG AN!
SEHR GUT!
EVOLUTION MORPH!
LANGE, LANGE BEVOR DIES ALLES PASSIERTE AUF DER ERDE...
... ABER DREHEN WIR DIE UHR NOCH ETWAS ZURÜCK!

RAOOO
PASS AUF!
HALTET EUCH AN DEN PLAN!
GEHT KLAR, JEROME!
JUNA GREIFT ZUERST AN!
OKI DOKI!
TEMPUS POWER !!!
RAAOOOHH
TAP TAPTAP

Kapitel 1:
Die Erde stirbt...

Crewman 3

DIES IST DIE GESCHICHTE VON DREI MUTIGEN KRIEGERN, DEREN MISSION ES WAR FRIEDEN UND GERECHTIGKEIT IN DIE GALAXIS ZU BRINGEN...
... ÜBERALL WO SIE HINKAMEN ERLÖSTEN SIE DIE UNTER-DRÜCKTEN UND BESTRAFTEN DAS BÖSE...
... DIE LEGENDE ERZÄHLT, IN IHNEN SCHLUMMEREN AUSSER-GEWÖHNLICHE KRÄFTE!
KRÄFTE, DIE SO GEWALTIG SIND, DASS SIE DIE GRENZEN DES UNIVERSUMS NEU ORDNEN WÜRDEN! MAN NENNT SIE...

Crewman 3

INHALT

CARLSEN COMICS
Deutsche Ausgabe / German Edition
1 2 3 4 05 04 03 02

Redaktion: Joachim Kaps und Michael Schweitzer
Lettering: LetterFactory, Dortmund
Grafik und Layout: Sonnenfisch Production, Laura Bartels
Herstellung: Stefan Haupt
Druck und buchbinderische Verarbeitung: Ebner & Spiegel, Ulm

ISBN 3-551-76711-4
Printed in Germany

MANGA!

www.carlsencomics.de
www.banzai-online.de

Best of BANZAI!

Crewman 3

ROBERT LABS

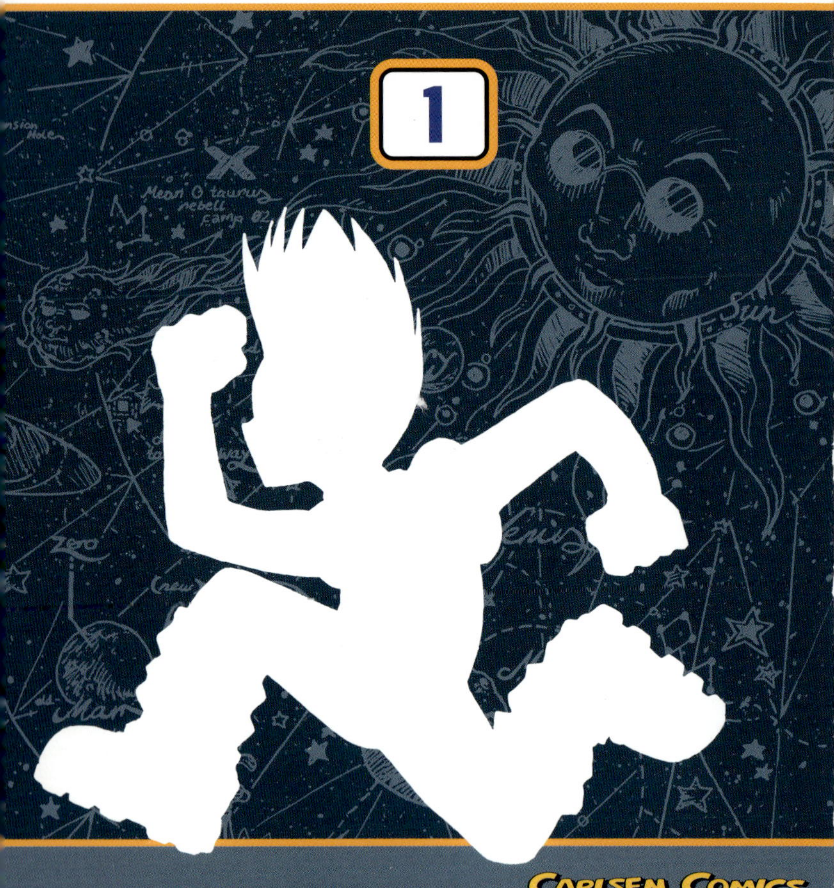

CARLSEN COMICS